噢，巴馬

罗伟鹏 著

O, BAMA

商务印书馆
The Commercial Press

2012 年·北京

图书在版编目（CIP）数据

噢，巴马 / 罗伟鹏著 . 一北京：商务印书馆，2011
ISBN 978－7－100－08584－7

Ⅰ . ①噢… Ⅱ . ①罗… Ⅲ . ①游记－中国－当代
Ⅳ . ① I267.4

中国版本图书馆 CIP 数据核字（2011）第 188065 号

噢，巴马

罗伟鹏 著

商 务 印 书 馆 出 版
（北京王府井大街 36 号　邮政编码 100710）
商 务 印 书 馆 发 行
精一印刷（深圳）有限公司印刷
ISBN 978－7－100－08584－7

2012 年 6 月第 1 版　　　　开本 889×1094 1/32
2012 年 6 月第 1 次印刷　　印张 5 ½

定价：29.8 元

本书的出版得到巴马瑶族自治县
委员会宣传部的大力支持，谨表感谢。

巴马龙洪风光

中国长寿之乡　巴马

目录
Contents

舒服 = 去巴马享受 "1"

1000000000000000000000000000000000……

打个比方，这一连串数字中的"1"代表你自己，里面的"0"就代表你的一切，包括房子、车子、票子、妻子、孩子……

"1"就是你的健康，也就是你。

如果健康没有了，你没有了，那么，一切将等于零。有了"1"，体安则心安，心安则理得。

人在巴马，环境舒服，身体舒服，心里舒服。

去巴马，舒服是主动的；在巴马，舒服是被动的。

人求舒服，犹如韩信点兵，多多益善。

来到巴马，哪怕你在"食、宿、行、游、购、娱"六个方面都比巴尔扎克小说中的葛朗台还抠，那也几乎不用花什么成本，就可以享受到这个被誉为十佳"中国最美的小城"、全国"最适宜人居和最佳休闲养生的十个小城"给你带来的实实在在的"1"。

到底怎样才叫舒服？

舒服，当然是一种喜由心生的状态。"人间四喜"自古有之：久旱逢甘露，他乡遇故知，洞房花烛夜，金榜题名时。

纪晓岚的表述也许更为准确：十年久旱逢甘露，万里他乡遇故知，和尚洞房花烛夜，监生金榜题名时。

巴马县城全景新旧对比

这样的舒服,人们一直乐于称之为幸福。

其实,幸福,是心里爽;舒服,是身体爽,甚至,心里和身体都爽!

有人说,"爽"有两种境界:一是睡觉睡到自然醒,二是数钱数到手抽筋。爽字里的四个"乄",似乎相当于佐罗潇洒地挥舞了几下佩剑,也相当于扔保龄球时连续四个"全倒"。

权当此为"舒服"二字的有趣表述。

人在巴马,环境舒服,身体舒服,心里舒服。那种身临其境的"爽"可以让你不由自主地轻叹几声"啊"!这时,你会发现为什么很多人爱写诗,诗人写诗也竟如此容易,啊,得一句,啊,又得一句。

在巴马,你会越发明白幸福是总体的感受,而舒服是具体的感觉。一个个舒服造就幸福。

而幸福与舒服都基于两个字 —— 健康!

巴马县城东边有座山,海拔 730 米,当地人称之为"岜马"。"岜马"是壮语方言。岜是山坡,山形像马,所以叫做"岜马"。明朝嘉靖七年(1528),田州府在这里设置土巡检司 —— 岜马巡检司。从此以后,"岜马"便作为地名被确定下来,一直沿用到今天。

　　巴马原名万冈县，1935 年建置。1953 年 4 月，政务院应广西政府的要求，撤销了万冈县，将其所属的乡镇分别划归东兰、凤山、田阳、田东等县。到 1956 年，为了贯彻落实党的民族政策，根据民族的意愿及兼顾历史上曾有"岜马"这一地名，经国务院审批后成立巴马瑶族自治县，治所在巴马镇。1965 年，巴马县改属河池专区管辖。2002 年 6 月，河池地区改市，巴马属河池市管辖至今。

　　坐落在广西西北部、总面积 1971 平方公里、总人口 26 万的巴马瑶族自治县居住着瑶、壮、汉等 12 个民族。在巴马，人与自然和谐共生。1991 年 11 月，国际自然医学会正式确认巴马为"世界第五个长寿之乡"。2008 年 11 月，中国老年学学会正式确认巴马为"中国长寿之乡"。也就是说，巴马的"马脖子"上挂着两块长寿之乡的牌匾。长寿，成了巴马的金字招牌。

　　在中国传统文化促进会、中华民族和谐发展促进会、欧中经济技术交流促进会、中国影响力传媒、中国县域经济网等机构联合主办的"中国最美的小城"推介活动中，巴马瑶族自治县从 100 个候选城市中脱颖而出，荣膺十佳"中国最美的小城"称号，同时被评为全国"最适宜人居和最

赐福湖

巴马寿乡文化广场

佳休闲养生的十个小城"。

"长寿之乡"巴马如一块美玉静静地向世人展示它的光彩。

这里的百岁老人占总人口的比例高居世界前列，是世界五大长寿之乡中罕见的长寿人口持续增长的地区。

巴马之美，美在她神奇的生态环境与长寿人文的和谐共处。这种神奇，不会让你领略到像第一次看《阿凡达》那样震撼式的惊艳，而是一种"美酒饮教微醉后，好花看到半开时"的恰如其分，是一种轻轻的爽，如夏日凉风、冬日暖阳。

巴马被誉为"上天遗落人间的一块净土"。在这块地图上不起眼的净土上，对养生、长寿功不可没的五大因素却是那样"起眼"——

第一"起眼"：地磁。巴马以盘阳河为界大致被分为两部分——三分之一石山、三分之二土坡。盘阳河下有一条断裂带切到地幔，产生的地磁达到 0.58 高斯。这样的地磁能促进人的血液循环，提高身体免疫力。

第二"起眼"：空气。由于高磁场的作用，在巴马县城及山村，空气

巴马城区及度假村

中负氧离子含量高达 2000—50000 个／立方厘米。在这样的空气中，人体感觉舒适。长期在负氧离子含量高的地区生活，身体机能得到调节，甚至能对一些疾病的治疗起到辅助作用。

第三"起眼"：阳光。在巴马，你享受到的阳光80%以上是被誉为"生命之光"的 4—14 微米波长的远红外线。远红外线能调节血压，调节自律神经。

第四"起眼"：水。巴马泉水是营养之水、健康之水、生命之水。因为它是弱碱性离子水、还原水、小分子水，还是含有丰富矿物质的营养水。

第五"起眼"：土壤。都说水养人，巴马连土壤也是养人的，这里的土壤锌和锰含量很高，有助于降低患心脑血管疾病的风险。

地磁、空气、阳光、水、土壤，哪里没有？但巴马仙境打出的是一套最有利于长命百岁的优质"组合拳"，拳拳养身心，无时无刻地呵护着这里的生灵，包括这些生灵身体中的每一个"零件"。

用如梦似幻形容巴马也毫不为过，这里有天赐的命河、巴马中的巴

马 —— 赐福湖、"水波天窗" —— 百鸟岩、天下第一洞 —— 百魔洞、仙域幻境 —— 水晶宫……县城小而精美,寿乡大道鲜花常开,不时招惹着你掏出闲心停下来看一朵花;5公里长的河道景观路贯通城区,树丛掩映,灯火辉煌,山乡味中透出了现代气息;独具寿乡特色的房屋民族风情浓厚,寿文化装饰元素像山水画中的点景人儿,寥寥几笔,点缀其上,引人想象。小城生态盎然,宜住宜居,还特别富有文化气息,"长寿之乡"的巴马同时也是"中国书法之乡"……

巴马人早就明白 ——

爱妻爱子爱家庭,不爱健康等于零。

天下有千种疾病,却只有一种健康。

健康生活方式十六字经:合理膳食,适量运动,戒烟限酒,心理平衡。

健康十二字经:顺应自然,顺其自然,顺时而为。

饮食三意:不刻意,不随意,要注意。

这些,巴马长寿老人们都做到了。

在巴马人的观念中,生活就是生下来,就活下去;活着好,好好地活着更好!

巴马人更明白,健康与长寿真是两回事。比如,同样是100岁的老人,一个很健康,另一个却是常年卧床不起,饱受病痛折磨。这两位老人虽然都是100岁,但是却过着不同的生活。如果是天天被病痛折磨,天天躺在病榻上,这样的长寿也就没有任何意义了。

地处僻壤的巴马,交通不便,信息闭塞。农耕生活方式还一直在大山深处延续着。对于大山里这种近乎原始的生存状况,曾有个外国专家断言:"广西巴马这样的石山区根本不适合人类生存。"

可有趣的是，生命的奇迹偏偏就在这位外国专家认为不适合人类生存的环境里被创造。生命的年轮可以改写，生命的质量可以提升，巴马处处蕴藏着养生育寿的宝箓以至于可以屡屡突破岁月的禁区，实现人类共同追求的目标——长命百岁。

笔者行行摄摄

在巴马的"候鸟人"认为，此地最宜长住，理由是巴马的人文风物处处饶有情致，有情趣的人、有意思的事比比皆是。这里的山山水水"润人细无声"，正恰到好处地滋润着人们的身心。

如果"幸福、快乐、舒服"这三个词语让巴马人挑选，巴马人会先选"舒服"。

如果"幽默、诙谐、有趣"这三个词语让巴马人挑选，巴马人会先选"有趣"。

因为，生活在巴马，首先是舒服的，然后是有趣的，或者是舒服兼有趣的。

有趣地舒服着，在有情、有义、有趣的巴马轻轻松松享受"1"，成了外地人对巴马的口碑。

在巴马，我很容易想到猫，一只在窗台上慵懒地伸着懒腰晒着太阳的猫。都说猫的命很大，有九条命之多，也说猫很难驯服，马戏团里从来就没有过它的身影，但是，这家伙可以被舒服的环境驯得服服帖帖，天塌下来也可以当被子盖。

我急需被巴马驯服。

一代文豪沈从文说："我行过很多地方的桥，看过许多次数的云，喝过许多种类的酒，却只爱过一个正当最好年龄的人。"

我也可以这样说："我行过很多地方的桥，看过许多次数的云，喝过许多种类的酒，却只爱过一个正当最美风物之地——巴马。"

"噢，巴马"与奥巴马

如果要在"巴马"二字前加上语气词，比如"啊、喔、呀"等，没有一个词比"噢"更为过瘾了，这当然和美国总统奥巴马有关。

奥巴马一当选美国总统，巴马的旅游就迅速升温。2009 年第一季度，小小的巴马县共接待国内外游客近 20 万人次，旅游收入一亿多元。这是之前没有过的乐观数据。

有人说，因为奥巴马，所以"噢，巴马"。

这里面真的有因果关系吗？

其实，奥巴马与巴马县八竿子也打不着，但寿乡人天性幽默风趣，奥巴马当选美国总统的消息刚一传出，巴马人表现得相当兴奋，因为在当地壮话中，"奥"是"姑丈"的意思，广义是指男子，那么，"奥巴马"就是"巴马男人"——多么威风凛凛的名字！

尽管只是民间笑谈，但能见微知著的有识之士却不放过这一契机。据说，那是一次去巴马出差的归途上，广西日报总编辑李启瑞问记者们："在巴马前面加一个字'噢'，成了什么？"大伙立刻心领神会，感觉妙不可言。这是情理之中、意料之外的精彩。而不久，为巴马旅游业包装促销的广东东莞一家文化传播公司总经理谭先生策划了一句广告语："地球上最长寿的地方在哪里？噢，巴马！"同样绝妙至极！

谭先生曾做过东莞多家旅行社的老总，平时很有想法，是业界的一个高人，请"美国总统"做广西巴马的旅游形象代言人源于他顺应天时地利

"噢，巴马"走进广东

的一个灵感。

2008 年 11 月，巴马举办盛大的国际长寿养生旅游文化节，此时，在大洋彼岸竞选美国总统的奥巴马也在做最后的冲刺。两个"国际"事件、两个"巴马"在谭先生脑海里开起了"碰碰车"，创意的火花耀闪而出——"巴马"与"奥巴马"只差一字，这明明是一份天赐的机缘。在"巴马"二字前加上个感叹词"噢"，"美国总统"立马脱口而出。

于是，广告语"噢，巴马"横空出世。

2009 年 1 月 20 日，就在美国总统奥巴马发表就职演说的当天，谭先生将巴马的宣传单夹在东莞当地的报纸里，在街头巷尾派发。东莞读者对多了一个嘴的"噢巴马"表现出故意猛然"回过神来"的诙谐——喔，中国也有一个"噢巴马"。小小的巴马勾起了东莞市民大大的好奇，随即来电咨询"噢巴马"的市民一波接一波。接着，谭先生的公司在 2009 年大年初三，马上组织了一个赴巴马旅游的自驾车队，巴马旅游在东莞推广的第一炮，三下五除二，快手快脚地打响了，这是精明人士做事的作风。

春节过后，巴马县有关人士跟谭先生进行了密切沟通，并透露了广西旅游大篷车将会在 2009 年 2 月底到广东进行巡游宣传活动的消息。谭先生心想，这对于巴马绝对是个难得的好机会。于是，他紧锣密鼓地邀请了一些知名旅行社的精英骨干，一起登上广西旅游大篷车。

就这样，现场每人手拿一张"噢，巴马"宣传单的景观吸引了广东媒体的注意。宣传单上"噢"字的偏旁"口"用了个"O"来代替,这样的设计强调了"噢"的发音口型。通过媒体宣传,效果当然比口口相传好得多。最终的结果是奥巴马成就了"噢,巴马","噢,巴马"成就了巴马。

当时,一家网络媒体的标题是《独家:噢巴马惊现广州街头!市民争合影!》。

而一位网友在2009年3月3日的博客中写道:"周日,经过正佳广场,一片热闹非凡!原来是广西旅游大篷车开进广州,其中有个'瑶池小MM'(河池瑶族的女子)手中拿的一份旅游宣传单吸引了很多的人围观。我使出了吃奶之劲挤了进去,看见宣传单上写着'噢,巴马'。究竟怎么回事呢?刚一见广告时,我的第一反应就是,咦,美国总统什么时候来中国啦?有点摸不着头脑。看完那份宣传单之后才恍然大悟。那张宣传单先提出一个问题——'地球上最长寿的地方在哪里?'下面是占据了整个版面的作答——'噢,巴马'。真的太有冲击力了!弓虽(强之意)!竟然把美国总统'请'来卖广告!太棒了!这个广告构思太妙了!出这个点子做广告的人,用一个字来形容:牛!"

这样一个点石成金的广告,使外地人对神秘的寿乡心驰神往,浮想翩翩,也使巴马再一次声名鹊起,一下子成了"超级大明星"。

好的创意真的可以用12个字概括:大胆想象、情理之中、意料之外。

而据美国媒体报道,白宫营养师给奥巴马每周的食谱中都要安排两顿玉米粥,因为奥巴马和巴马老人一样,对玉米粥情有独钟。他上大学时每天早餐必有一碗玉米粥,这不禁让人联想到奥巴马匀称的身材和充沛的精力。

营养学家公认,在人类所有的主食中,玉米的营养价值和保健作用是最高的。我们当不了总统,也可以像总统一样喝玉米粥啊!

2009年3月中旬,在从巴马游玩回到南宁的东莞旅游大巴车"噢,巴马"号上,爷爷奶奶们仿佛像村头大树横枝上的一群喜鹊,吱喳报喜,

谁都不安然坐下,纷纷用拇指、OK 手势比画着:"巴马好啊!水晶宫好漂亮喔!百魔洞好神奇喔……"

45 名游客平均年龄 67 岁,最大年龄 80 岁,他们都是东莞 32 个镇区幸福长者俱乐部的精英会员。参加这次"健康东莞人,幸福巴马行"旅游团让他们成了贪玩的小孩,而巴马就像个超级大玩具,出门五天了,个个依然恋恋不舍。

"我们还去了长寿博物馆、命河、百魔天坑、长寿村……有机会我们还会邀请朋友来做一回'候鸟人',小住一段时间,享受享受。"

很多老人的座位边上都放有一瓶水,大瓶小瓶的。一位老人说:"是我们自己打的水。我们还买了火麻、黑米、玉米……好多巴马特产,大包小包,带回去给家里人尝尝。"

导游用话筒问:"广西美不美?喜不喜欢广西啊?"爷爷奶奶们兴奋地回答:"广西好啊!"

时至今日,来自全国各地不同的"噢,巴马"号选择了不同的日子、不同的车子,离开了房子,带上了银子 —— 都到巴马寻找长命百岁的乐子来了!

"今天到达巴马的自驾车游客还是非常多,景区工作人员忙着指挥停车，把嗓子都喊哑了。"这是 2011 年大年初五，一家旅游集团董事长接受采访时发出的感慨。据媒体报道，这批来巴马旅游的自驾车游客大多来自浙江、云南、广东。人们最终要沾上一点"长寿因子"才能感到心满意足，因此，巴马在大年初五这天仍然游人如织，其中百魔洞接待游客 4000 多人次，水晶宫接待游客 3000 多人次。水晶宫可停放近千辆小车的停车场，在大年初五这天停得满满当当，其他车辆只好沿着公路边

东山铜鼓楼

停,停泊的车辆绵延了近两公里,把指挥停车的工作人员累得喘气,好在,这里的空气是值得大口而喘的。

据了解,2011 年的大年初五,巴马的大宾馆、大饭店客房出租率达100%,而小旅馆、招待所床位出租率也高达 94%。

噢,巴马! 奥巴马成就了"噢,巴马","噢,巴马"成就了巴马。

东山瑶族风情

众口相传的
极品长寿笑话

巴马是一匹你巴不得天天在它背上荡漾快意的神马,关公若骑上它,青龙偃月刀也懒得带出家。

有才的人很多,有趣的人太少。到长寿王国里踏花赏草,归来必定有不一样的"马蹄香",你会发现巴马人在诠释他们的长寿文化时,有才又有趣。

"好玩的"故事版本很多,都相当经典,没听过的人都觉得新鲜,听过的人都爱击鼓传花般急于往下传。人们总在乐此不疲地传说着巴马的传说,这叫以趣传趣。

下面这几个是流传最广的经典。

先用一段有点"荤"的河池山歌来注解巴马老人的健康身心:"你讲哥老不服气,挑担还挑百六七,今早塘边解小便,屙尿射死塘角鱼。"

故事 ❶

造访巴马的人大都关心长寿老人的食谱。据说,曾经有访客问:"您这么长寿,一日三餐都吃些什么呀?"老人回答:"早上吃玉米糊,中午吃烤玉米,晚上吃玉米糊加烤玉米。"故事令人忍俊不禁,老人的回答不乏夸张,但是玉米的确是最好的长寿主食之一。

故事 ❷

一位游客向一位 110 多岁高龄的寿星打听长寿秘籍。

"您每天早上吃什么？"

"玉米粥。"

"中午吃什么呢？"

"玉米粥。"

"晚上吃什么？"

"玉米粥。"

"那您白天都干些什么？"

"白天上山种玉米。"

"那您晚上一般都有什么活动呢？"

"晚上我在家掰玉米棒啊！"

故事 ❸

这则故事名叫《巴马老婆婆的妈妈的婆婆》。故事是说有一外地人来到巴马，见一背着竹篓的老妇人迎面而来，便问："您好！老婆婆，请问您今年贵庚？"

陈朝阳／绘

老妇人回答："不大，才 80 岁！"

"请问您头上的发髻是谁帮您束的呢？"

"是我妈妈帮我束的。"

"哦，这样啊，能否带我去拜访一下您妈妈她老人家？"

"对不起！我妈妈不在家，她到隔壁村看望我外婆去了！"

故事 ❹

记者："老大爷，您长寿的原因是什么？"老人："我从不喝酒，不吸烟，早睡早起！"这时隔壁传来摔砸东西和叫骂的声音。记者："这是怎么回事？"老人："我父亲，他是个酒鬼，天天酗酒，一没有酒就骂人！"

故事 ❺

记者去长寿村采访，突然见到一位老人在拼命地跑。记者好奇，就上前问："您多大了啊？"

老人回答："110 岁了。"

"110 岁了，还能跑步啊？"

"是啊，我爹追我呢，我不能不跑。"

"您父亲还健在？他为什么要追您呢？"

"他要打我。"

"为什么打您呢？"

"我偷了我爷爷的钱。"

"您爷爷还健在啊！那您为什么偷您爷爷的钱呢？"

"曾祖父说像我们这样的小孩子不能给太多钱的。"

陈朝阳／绘

巴马：
可能是世界上最好的天然氧吧

从南宁安吉高速路口进入南宁—百色高速公路，往百色方向走，在田阳下高速后，经过田阳县城，再走一段二级路，到达三雷路口便可看到往巴马方向的指示牌，沿着路标行进即可到达巴马县城。全程 252 公里，历时三个半小时。

驱车的朋友是在巴马赐福湖做房地产开发的李总，车技很好，加油、刹车、松离合准确到位，即便是弯弯的山路也经他三拐两转就滑过去了，几乎没有"卡壳"。他说："今年我已经来巴马 60 多次了，比巴马人还巴马。"

离巴马县城还有 10 公里时，朋友说："关掉空调，开窗，怎样？空气很好啊！"

我伸出鼻子，再半张开嘴巴，"巴"上了扑面而来的巴马风。

其实我更应该大张嘴巴才对，但又怕冷不丁一个飞蛾什么的导弹似地冲过来，打坏我的牙齿就没口福了。

南宁的空气在全国城市里已经算不错了，负氧离子平均浓度达 1000—1500 个 / 立方厘米。而在巴马县城，平均就有 2000 个 / 立方厘米，巴马负氧离子浓度最高的景区百魔洞竟高达 70000 个 / 立方厘米。不仅高出工业城市和平原地区十倍、几十倍甚至百倍，也是著名风景区庐山、旅游城市青岛的数倍以上。

朋友说："不知道在巴马是不是负氧离子太浓了，电话打的是一样多，但手机电池比在南宁要多用半天。我试了好多次，都是这样。"

"哟，这么神啊，在巴马电池都长寿了。"我将信将疑。

电池变长寿这等事我倒没遇到过，但有一件事颇令我惊喜。前些年，我身体缺钙，晚上睡觉时脚会抽筋。有一次，我到了巴马，夜里躺在床上，不知怎么的，脚筋仿佛变长了，一连几个晚上没有一丁点抽筋的现象。百思不得其解。想到香港拉筋名医朱增祥强调的"筋长一寸，命长十年"，我乐得笑出声来。最近，我听说巴马长寿研究所所长陈进超骑的自行车1982年就买了，至今差不多30年了，还没有生锈。我心想，如果我是自行车经销商，应该不会在巴马开自行车店。

"负氧离子"四个字就像煮菜必须放的盐，好像说到巴马时不加上它就没有味似的。我也对负氧离子产生了前所未有的兴趣。

随后，待在巴马的五天里，我的左脑和右脑共同对接着"负氧离子课题"。经过一番采访考证，最后，我终于认识到，负氧离子对于人体，应该叫做"富养粒子"才对，是人体健康的大功臣啊。

负氧离子这个东西对人体到底有什么用处？据研究资料证实，空气中负氧离子含量达到1000个／立方厘米时，人会感到空气清新，呼吸顺畅；达到2000个／立方厘米时，就可以天天保健治未病啦。

北京、山西等几个长寿考察团曾在巴马实地检测，巴马空气中负氧

离子含量大致是：盘阳河两岸是 10000 — 15000 个 / 立方厘米，百魔洞口是 20000 个 / 立方厘米，进入百魔洞内是 40000 个 / 立方厘米，洞内一段露天部分即天坑内有植被、有阳光处达到最高值 50000 — 70000 个 / 立方厘米。以百魔洞为中心的地带是游人能享受到负氧离子最高的地区，难怪"候鸟人"天天都要往百魔洞走。他们有些人常年住在这里，每天坐在洞口呼吸着负氧离子浓度非常高的新鲜空气，使身体的一些病症因此得到缓解，其中有些病症甚至神奇地消失了。

而在北京、上海、广州等大城市往往负氧离子含量只有 100 — 300 个 / 立方厘米，就负氧离子拥有量而言，北京人、上海人、广州人都没有咱巴马人富有啊！

巴马的瀑布很少，森林覆盖率也只有 57%，那么高含量的负氧离子从哪里来的呢？

这是因为巴马地区磁场高，高磁场作用于空气分子，使空气分子释放出的电子很快又和空气中的中性分子结合，成为负氧离子。负氧离子被称为"空气维生素"，能改善肺的换气功能，促进新陈代谢，提高免疫力；能使大脑皮层的抑制作用加强，调整大脑皮层功能；能使支气管平滑肌松弛，解除其痉挛；能使红细胞沉降率变慢，凝血时间延长；使肾、肝、脑等组织的氧化过程力度加强，使其获得更多的氧。

有关专家曾测量过，在巴马甲篆乡坡月村的农家住户内，因所处地势与封闭程度不同，空气中负氧离子含量大致是 3000 — 5000 个 / 立方厘米。而北京、上海的一些豪宅内部空气中平均每立方厘米负氧离子含量只有四五十个，长时间开空调的房间甚至为一二十个。这就是为什么长期待在表面舒适的空调房间里，却容易引发多种疾病的原因。

家在北京的一位离休干部如此感慨："爬香山，一会儿就气喘如牛。在巴马登山，一口气爬一二百米，一点也不累。"此语没有夸大。

我想，当年那些不用吸氧就能登顶珠峰的勇士，在巴马能飞起来；在海拔 4000 多米的云南玉龙雪山顶一天只能搬运几十公斤木头的工人，在巴马能扛着粗大的圆木赛跑。

　　很多人说，现在科技发达了，想多几个负氧离子还不容易吗？大街上不是到处都有负氧离子发生器卖吗？广告上还号称把森林带回家，又何必到巴马张大嘴巴千呼万吸呢？

　　这样说，等于讲用家庭影院看碟比在影城欣赏大片还要震撼；催熟的果、强扭的瓜比自然蒂落的还要香甜。

　　很多老年人年轻时养儿育女，上了岁数养病。致病因素很多，衰老也是原因。

　　人体的正常细胞非常嗜氧，变异细胞恰恰相反，十分厌氧，要知道，癌细胞在缺氧环境里有十倍的疯狂，正所谓"氧矮一寸，魔高一尺"，这也是养生界强调"有氧运动"的原因之一。人吸入氧气，呼出二氧化碳，但是，人类进化至今，我们这个"肺"是有点"废"了，若不再加以注意，

县城一景

氧会导致肺生理机能的衰退,毕竟,它不似汗毛、盲肠一般可有可无。

有两大生理因素导致人类肺部的衰退:其一,人类直立行走,胸式呼吸取代腹式呼吸,造成肺下叶偏废;其二,肺的回缩力随着年纪的增大逐渐减弱,残气量上升,肺泡无力将已经交换过的废气排出体外。

在巴马,人们吸入的尽是"富氧粒子",在这样利于肺的环境里,不动声色间已经做了不少"有氧运动",更重要的是巴马人生生不息的劳作稳定了氧气的吸入、排出、交换,延缓了肺功能的衰退。

实际上,在众多抗衰老的研究中,学术界有一种肺启动理论,在假设肺是衰老的始动器官的同时,认定肺是抗衰老的首发器官。许多专家也很认同这一观点,并期待肺活量的激活给人们带来治病防病的新希望。养生专家称,这事听着大,实际不麻烦,主要在日常生活中,尽量多用腹式呼吸法,开发肺下叶,方法有两种:一种是顺式的腹式呼吸,将呼吸调整平稳,先缓缓吸气,吸气时腹部慢慢鼓起。气吸满后,停顿三秒钟,再将空气慢慢呼出。呼气时,腹部下陷,将浊气随着呼吸,排出体内。呼吸时,舌抵上腭与牙床交界处,嘴成鱼唇状,意在增加气道阻力,帮助胸腔排出残气。另一种是逆式的腹式呼吸:与顺式的相反,吸气时肚子是瘪的,呼气时肚子却鼓起来,其余方法一样。一般来说,老中医、老拳师都倾向逆式的腹式呼吸,而咱百姓不好理解,顺式也无妨吧。

肺活量的重新激活会让我们感到身体越来越好。既然巴马是世界上最好的天然氧吧,那么,最好的办法是:到巴马腹式呼吸!

一位退休高级工程师在其养生日记里写道:"在城里,我感觉自己的每个毛孔都塞满了垃圾、废气,整个人像是被塞住了,一年到头老生病。而在这里,生活平静、节奏慢,空气中的负氧离子浓度是平原地区的30多倍,大城市的100多倍甚至几百倍。负氧离子被誉为'空气维生素',具有松弛、催眠和杀菌的作用,对神经衰弱和失眠症有显著疗效。在这样的环境里,只要静静地呼吸,你就会感到自己的肺腑被服服帖帖地清洗过、浸泡过,感觉自己像是获得了新生。人在这样的环境下生活,健康长寿是自然的,所以巴马人长寿是可以理解的。到巴马走一趟,就是到'氧吧'里吸一次氧气,不虚此行!"

我试过几次,在南宁,睡前做一个小时的腹式呼吸,等于主动睡眠三个小时。我想,在巴马,腹式呼吸半个小时就可以达到一样的效果。

有旅客发现初到巴马与初到他处不一样,到别处一开始总兴奋不已,急着四窜拍照,可到了巴马第一个念头就是想睡觉。有人已经在来巴马的路上呼呼大睡了一轮,到了目的地却还想着继续"呼呼",睡醒时连问:"是不是我醉氧了?"

哦,"富养粒子"真的把梦都给陶醉了!

在这个"可能是世界上最好的天然氧吧"里,每秒每分的呼吸是一种被动的舒服。加上腹式呼吸,又多了个主动的舒服。

这两种舒服,都不用说"可能"。

到巴马去做"赤脚大仙"

到了巴马，我才发现人除了不能缺德、缺爱、缺钙，也不能缺磁。人缺少了"磁"，好比嗓子没有"磁性"，生命之歌怎会动听？

"工作环境在两层楼以上、家居生活在两层楼以上、睡床为'席梦思'、每天在地表活动少于五小时、每天乘车超过两小时"——生活在这五项指标中任意一项的人多吗？挺多的。这五项指标中，占到三项以上的人呢？也不少。有研究资料表明：若"五占三"，久而久之，人体便会出现磁饥饿症，医学上称之为"乏磁综合征"。

想不到千疾万病，还真有缺磁病，听起来是个新鲜病，但由来已久。我请教了一位理疗医生，他说，此病和其他慢性病一样，都有个从量变到质变的过程，一般人都不会注意，很多人也认为这不算病，实在是认知上的误区。我回忆了一下，幸好，自己小时候就爱玩磁铁；工作后爱用磁化杯喝水，而且一直用到现在，也不知道杯里面的磁力消失没有；磁性枕头也用过好几个，但也不见脑袋瓜子比别人好用多少。不过我相信，自己如果不用这些磁性产品的话，身体早出问题了。

地球是有磁场的，地磁场在地球表面形成的磁层非常庞大，它能保护地球的大气层不被强大的太阳风吹走，也屏蔽了高空宇宙射线对人类、动物、植物的伤害性辐射。此外，地磁真的与人体健康有关。

血管是血液流过的一系列管道，人体除角膜、毛发、手指甲、脚趾甲、牙质及上皮组织以外，血管遍布全身。按血管的构造功能不同，分为动脉、静脉和毛细血管三种，它们在运输血液、分配血液和物质交换等方面有重要的作用。毛细血管的口径虽然最小、血流速度最慢，但数量最多，

总的横截面积最大，是遍布人体的微循环组织，有利于血液与组织进行物质交换。

毛细血管直径只有 8 微米左右，而红细胞的直径要比毛细血管大两倍，红细胞要顺利通过毛细血管，要借助地磁作用下形成的超导性电流才可以。由此看来，地磁也是地球上生命的一种保护性物质，它和阳光、空气、水、温度一样重要，称之为地球上"第四生命要素"，其不为过。

中医有"通则不痛，痛则不通"一理，那么，毛细血管作为人体的小小"水管"，一旦淤塞受堵，人则血气不畅，百病近身。而巴马的地磁强度达 0.5 — 0.6 高斯，远远高于其他地区，所以，生活在巴马的人们体内小小"水管"很畅通，微循环的条件是优越的。

有保健专家建议：人缺少什么就补什么，无论男人或女人，到了 35 岁以后应当适当补磁。巴马可谓中国最好的"磁吧"，趁年轻应该多到巴马补一补。如果你不缺爱、不缺钙、不缺锌、不缺铁甚至连磁也不缺，想必你的身体是相当完美的。

在长寿学研究方面，有个"鞋造成人类疾病丛生"的论调挺有趣——因为穿鞋，使人体形成一个封闭系统，使人体内的大量正电荷无法正常对接地球的负电荷进行排放，这病那病悄然而生。进一步的解释是：人类劳作特别是脑力劳动后，消耗了大量的氧气、能量和负电荷，人体内的正电荷就会积累过多。人类的鞋子使体内的正电荷排不出，负电荷进不来，造成细胞电衰。在这个意义上，我明白了"光脚"不怕"穿鞋"之理。

当然，鞋子只是一个小原因。人体细胞特别是城里人的人体细胞为何会缺磁？研究认为，原因有以下四点：现代城市钢筋成网，具有屏蔽地磁场的作用；现代城市汽车川流不息，电线、电缆、管道多如蜘蛛网，隔断了大自然的磁场；自来水在经过铁管这个导磁体输送时，磁场就会被削弱和吸收；城里的人们很少到野外活动，也就很难直接接受天然磁场的辐射。

巴马人之所以能健康长寿，关键在于正负电荷在人体内能及时"出入"。在巴马有一个特别的现象：长寿老人大半辈子几乎都光脚走路，这种自然的生活方式却带来了意想不到的健身效果 —— 最大限度地接收地磁。

我们在城市中也不时见到一些喜欢"接地气"的"赤脚大仙"，两个大脚板一开路，能走上八里十里。我有个朋友的父亲也加入了这一行列，可每次赤脚游时怕家人念叨，出门时总先穿上鞋，然后把鞋暂时藏在一个隐秘的地方，可没想到，游荡一圈回来后连鞋影都不见了，不到半年鞋子已经丢了三双。

我对老人家说："巴马是中国最好的'磁吧'。"他风趣地回答："好啊，可不可以像'糍粑'一样去粘住它呀？"

盘阳河边的居民房

真想变成一条鱼钻进水里去

人生在世,可能不幸福,不能不舒服;追求幸福不容易,追求舒服则简单得多,哪怕是能简单地喝上一口好水。

8月里的一天中午,我一个人来到巴马盘阳河边,选择一处可以安坐又方便双足入水的顽石,望着纤尘不染的巴马山川,那颗躁动不安的心立刻放到肚子里,相信这时的我"入定"比高僧还要快。河水像丝绸一样滑,作为中年男人的我此刻觉得自己拥有了婴儿般的肌肤。啊,这大概是这个季节最好的足浴了。千里之爽,始于足下,这条被当地人比喻为"死泥鳅都会活过来"的清流,打通了我的任督二脉,周身十万八千个毛孔也全都被打开了。我忍不住恭恭敬敬地捧水入口,很自然地喝了刚才泡过脚的水,没有一丝顾忌。

一刹那涌上心头的是不知什么时候读过的一句话:"我真想变成一条鱼钻进水里去。"我想,此刻自己哪怕变成比罗非鱼还要便宜的河鱼也值得:在盘阳河急流处冲冲浪,旋涡处打打转,然后力劝几位亲朋好友也化身为鱼,一起好好聚在水中嬉戏一番。

我拿出酒精炉和"随手泡",煮开了一壶巴马盘阳河的水,泡上茶,啜上几口,透过升腾的茶气远眺,真有作曲的冲动,可惜我不是学音乐的。

到了傍晚,当地的一个朋友开车来找我,一辆"高顶篷"柳州微型车,带了一口铁锅、一个汽化炉,还有一袋切好的黑山羊肉。清水羊肉开锅了,最美的还是那口汤。我思考着，如果此时有条鱼识时务地从水里跳入锅，那么"鱼"、"羊"成"鲜"，在水一方最美的味道诞生了。

我认为，对待一方好水最基本的礼仪是：生喝一口，泡茶一壶，煮汤一锅。最高的礼仪是像巴马人那样到盘阳河里裸浴，也就是像鱼一样钻到水里去。鱼是不穿衣服的。

不过，我承认在河边做菜是不环保的。只此一次，下不为例。

口渴喝上巴马水，等于瞌睡碰枕头。巴马水为什么是好水？为什么这一方好水令人着迷？各位看官且听我慢慢说来 ——

巴马水：水中的"大熊猫"

在全世界都在担忧"水荒"与"水污染"的年头，巴马水可以说是水中的"大熊猫"。

长期处于"日出而作，日落而息"状态下的巴马，工业不发达，农业也谈不上现代化。农民伯伯们从"滴滴涕"时代起至今，较少使用农药，化肥也极少施，给庄稼喂的几乎都是有机肥。所以，水资源绝少受到"工业社会"的污染，巴马水正得益于"非摩登"，是遗留人间的最理想的原生态饮用水。

巴马水具有地球上其他任何地区都不具备或都不完全具备的四个显著特征。这四个特征使巴马水成为营养之水、健康之水、生命之水。

特征一：弱碱性离子水。巴马水 pH 值一般在 7.2—8.5 之间，接近人体血液 pH 值。弱碱性离子水挺神奇，能维护体液平衡、防便秘、健美皮肤。

特征二：还原水。巴马水的氧化还原电位在 83—150mV 之间，不到城市自来水氧化还原电位的五分之二。要知道，我们生活在富含氧气的空气中，离开氧气我们活不了，但是氧气也有对人体有害的一面。由它产生的一种叫氧自由基的有害物质是人体代谢产物，可以造成生物膜系统损伤以及细胞内氧化磷酸化障碍，是人体疾病、衰老和死亡的直接参与者，对人体的健康和长寿危害非常大。而巴马水负氧化还原电位的活性很强，可以与氧自由基结合成水，而保护细胞不受氧自由基的损害，提高身体免疫力。

特征三：小分子水。在自然界中，水一般都是以 13 个以上的水分子结合而成的大分子簇团存在。但天然水经过充分的地磁作用后，氢键被切割开，形成 3—5 个小分子缔合的小分子团，变成仅有 2 纳米大小的小分子水，它有较强的溶解力和渗透力，能通过细胞亲水道直接进入细胞，参与细胞的新陈代谢，并输送微量元素和营养给细胞，增强细胞的酶活性，降低血脂。

特征四：营养水。巴马水系发达，暗

兴仁瀑布

河密布，山泉水、地下水由于反复进出地下溶洞而被矿化。这些水中的矿物质，如锰、锶、偏硅酸、锌、硒等十分有益于人，因当地无铜、镉等矿源，故铜、镉等的含量甚低。

尽管男人女人皆水做，但中国水盲比文盲多

时至今天，中国民众中有相当多的人还不知道什么样的水是好水，自己也不知道到底要喝啥样的水。著名水营养学家、中国医学促进会健康饮用水专业委员会主任、世界水文化研究会会长李复兴教授的一句话

一点都不给这些人面子 ——"在中国水盲比文盲的人还要多"。

因为缺乏科学饮水的观念和知识，很多现代人走进医院，睡上病榻。

"人可三天不吃，不能一日无水。"要知道，水可占你体重的70%，细胞的主要成分也是水。人体的各种生理活动和体内发生的一切生物化学作用都离不开水。人体内的养分和废物必须溶解在水中才能运输，从食物的分解到细胞的生长都需要水才能完成。从这个意义上来讲，男人和女人一样都是水做的。

　　饮用的水要健康、饮水方式要科学、饮水设备要安全。这是健康饮水的三大要素。

　　简言之,健康水的标准是:其一,没有污染的水 —— 无毒、无害、无异味;其二,没有退化的水 —— 具有生命活力的水;其三,符合人体营养生理需要的水——含有一定有益矿物质、pH 值中性或微碱性、水分子团小。符合第一点要求的只是干净饮用水;符合第一点和第三点的是安全饮用水;只有三点全部符合要求的,才是健康饮用水。

　　在巴马,即便是水盲也没关系,闭上眼睛都能喝到好水。

水是最好的药

　　这是一个真实的故事。

　　1990 年,广西南宁的一位地质工作者来到巴马那桃乡,一住就是几个月。一天,他徒步在那桃乡班交村长绿山进行地质勘探时,发现半山腰有一股山泉,叮咚的泉音和着山风的节拍钻进了他的耳朵,一时间,喉头那股渴望直奔舌尖。他像古代人一样轻轻地合掌掬水,只觉此水入心入肺入脾,像刚踢完一场足球的人喝了一大口冰啤,鼻翼都会不自觉地蠕动。这位先生一连喝了三个月山泉，几百斤圣洁之水把他的五脏六腑好好地荡涤了一番。无意中，他发现自己多年来痛苦缠身、顽固反复的皮肤病、胃病竟不治自愈，真神了！人也比以前神清气爽。后来，他把此事告诉了几位病友。病友们也有样学样地在当地生活了几个月，奇怪的是，折腾了他们多年的这病那病也莫名其妙地好转了。于是，那桃乡的那股能治百病的"神仙泉"被一传十、十传百，传遍了周边的县市。

在此之后，每年农历七月初七这天会有成千上万人从四面八方涌来接取"神仙泉"。民间认为"七月七水"能终年不腐，何况是"神水"。

我想起了西方医药界的一个观点："水是最好的药"，而水，关键是怎样的水。"杜康"可解一时烦忧，好水可解一世烦忧。世界上水质不好的地方不会有长寿老人，当然，也产生不了长寿之乡。

肚子里至少有几十个名牌

除了"神仙泉"，巴马的其他泉水也是极好 —— 百马泉、甘水仙泉、观音福泉、百林奇泉……汩汩流了几万年，这柔情之水究竟滋润了多少如梦佳期，洗涤出多少美妙光景？不得而知。

盘阳河更是集各路泉水之大成。它一路进出溶洞，沿途汇集了许多优质矿泉水；清澈的河水中富含长寿所需的各种矿物质和微量元素，把盘阳河称为长寿河，名至实归。如果各路泉水今后都注入灌装生产线，那么喝一口盘阳河水，肚子里至少有几十个名牌。

水和长寿有着紧密联系，是长寿的自然要素之首。巴马水系发达，暗河密布，境内最大的河流盘阳河被誉为巴马人的母亲河、长寿河，其发源地在风景秀丽的凤山县境内。盘阳河像个透明的蛙人，经过34.8公里的地下潜行，在巴马北部的坡月村现身。河水时而冲出地面，时而潜入地下，四进四出，时隐时现，沉沉浮浮，神神秘秘，构成了一幅一河多洞、洞洞清悠的天然奇观。

正如奇人能过滤太多的想法而成就自我的思想一样，层层过滤的巴马水就成为长寿人的"私享"，不过，今天各种牌子的巴马水全世界人都可以分享了。

一个是番茄，另一个是西红柿

巴马的长寿老人绝大多数都饮用山泉水。巴马泉多，这里的人也像泉城济南人一样爱把一眼眼泉水比来比去。但是，几个朋友都向我推荐同一眼泉水 —— 龙泉。龙泉位于巴马县的旅游重镇甲篆乡人民政府的驻地坡开屯。该泉水与乡农贸市场隔河相对，距离百鸟岩景点 500 米。这眼泉水四季清纯亮丽，即使是山洪暴发的季节，河水很浑浊时，这眼泉水仍然十分清澈，像个老方丈，不管世事多么纷扰，他打他的坐，入他的定。坡开屯全屯 100 多户 300 多人常年饮用这眼清泉，身体非常健康，很少生病，老人大都很长寿，年轻人、小孩也个个身体健康。春夏时节，屯里的人经常到泉水里裸浴，令人称奇的是：即使不用洗衣粉、洗发精，衣服、头发也能洗得很干净。

一位当地的记者对我说："巴马的泉水水质都很好，没有什么区别，真的要比较的话，一个是番茄，另一个是西红柿。"

巴马小分子水简单鉴别方法

怎样鉴定巴马小分子水？方法很简单 ——

首先用 pH 试纸测定，如果被测定水的 pH 值在 7.3—7.5 之间，即呈弱碱性，就符合巴马水的一个重要特征。

盘阳河风光

　　然后,看它能否溶解在食用油中。取一个玻璃杯,加入 6 — 8 滴花生油后,再加 30 毫升的巴马小分子水,充分搅拌均匀。把杯子静置五分钟后会发现:巴马小分子水由于其高溶解活性作用,花生油与其混合后形成乳白色液体状态。

0.618:
巴马是地球的"足三里"吗?

　　有一种新鲜有趣的观点:认为地球像人一样是个活体,遍体都有穴位,而巴马这块养育寿星的圣地也许就是地球的一处要穴,相当于人体最"大补"的穴位 —— 足三里。

　　有一次,我去中国乒乓球队采访广西籍教练任国强,他送给了我一本国家队运动员保健手册,里面讲运动员快速恢复体力时,特别提到了针刺足三里这个有效措施。我心想,连乒乓球运动都对这一中医学上的穴位如此重视,看来,中国乒乓球的"了不得"与足三里的"不得了"有关。从那以后,干活累了我就用脚后跟按摩自己的足三里,每次按几分钟,能感觉自己精神很多;有时忙,干脆用拳头直接捶击一两分钟,立竿见影不是传说。

　　后来我请教了广西中医学院的一位老中医,才进一步了解到足三里是"足阳明胃经"的主要穴位之一,是抗衰老非常有效的穴位,是强壮身心的大穴。注意了,这里说的是"身心",而不单指"身体",足三

风光旖旎的甲篆乡巴盘屯

里用功到位,心情亦将"喜由穴生"。古今大量的人体保健实践都证实,按摩足三里有调节机体免疫力、增强抗病能力、调理脾胃、补中益气、通经活络、疏风化湿、扶正祛邪的作用。这些功效,连很多外国朋友都知道。

中医道:"若要安,三里常不干。"也就是说,如果想要身体安康,你的足三里需常常保持湿润的状态。那么,如何保持这种"不干"的状态呢?古人常常采用"化脓灸",就是每天灸足三里穴一次,灸时采用艾条,一次约15分钟或更长时间。等到穴位处出现小水泡后,就停止艾灸,这时,切记要保持局部皮肤清洁,同时,待水泡自行吸收。古人认为这样做相当于每天进补一只老母鸡。这种从古就有的保健方法"便、靓、正"——"便宜简易、效果良好、正宗地道"。"化脓灸"很快就在民间流行开来,流传至今。

0.618历来被公认为最具有审美意义的比例数字,而人体的很多重要穴位是以"黄金分割律"比例分布的。比如,足三里在足底到膝盖的0.618处,头顶至后脑的 0.618 处是百会穴，下颌到头顶的 0.618 处是天目穴，手指到手腕的 0.618 处是劳宫穴，脚后跟到脚趾的 0.618 处是涌泉穴，脚底到头顶的 0.618 处是丹田穴……人体真的够绝够妙！

那么，用"黄金分割律"来解读巴马，还真能看出个道道，并不是"为赋新词强说愁"。

首先，环境温度为 22 摄氏度时，人体就会觉得相对舒适。为什么？这是因为人的正常体温是 36 — 37 摄氏度，超过了这个温度，哪怕发低烧也不舒服。而正常体温与 0.618 的乘积正好是 22.2 — 22.9 摄氏度，不冷不热，人就会神清气爽。而巴马的年平均气温为 22 摄氏度，巴马居民就可以长期享受最佳温度的"温情脉脉"，加上有别于他乡的有利因素影响，寿命能够延长自然在理。

其次，巴马正好处于亚热带季风气候区，雷雨天气较多。放电作用提高了空气离子化，使大气中的负氧离子浓度增高，也能使空气湿度保持相对平衡，不湿不燥。据巴马县气象部门的资料显示，巴马地区的空

气湿度在 55% — 70% 之间，取平均值为 62.5%，比值 0.625，与黄金分割比 0.618 很近似。

　　爱旅游的人都有这样的体验，北方相对干燥，南方相对潮湿，巴马的空气湿度恰到好处，不干不湿。所以，很多患有哮喘病的外地人到巴马住上一段时间，病情都会悄然好转，不夸张地说，心底会有放歌巴马山水间的念想。

　　试想，假如邓丽君知道巴马的话，她一定会亲自造访这地球的"足三里"。我坚信，巴马的和风会轻轻地吹走她哮喘的羁绊，而歌迷们，至今仍能"如听仙乐耳暂明"。

　　巴马 —— 如此"大补"的舒服之地，欢迎你常常来免费吃"老母鸡"。

　　在巴马盘阳河边脚丫戏水，顺手按按足三里，就启动了长寿的按钮，不是戏说。

甲篆风光

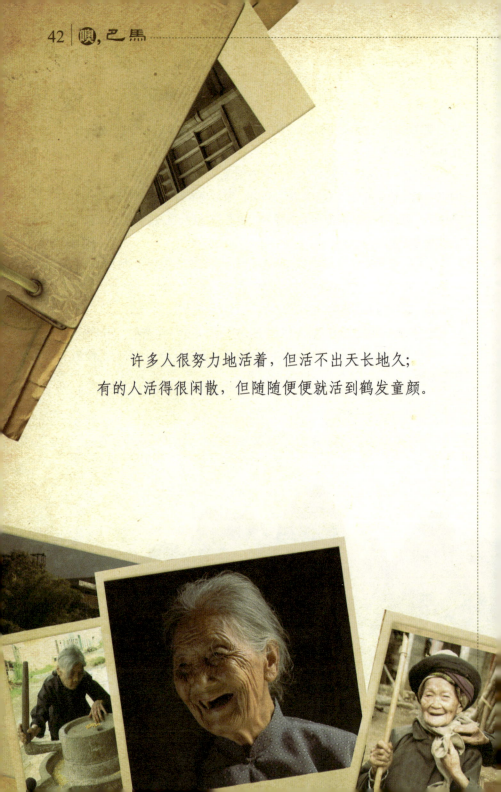

许多人很努力地活着,但活不出天长地久;
有的人活得很闲散,但随随便便就活到鹤发童颜。

活着，是一种态度。

"寿"字下面有个"寸"

汉字"寿"中,不论是繁体写法还是简体写法,收笔部分都是一个"寸",寓意着人若要长命百岁,最后的秘密就在于讲究"分寸"。

人的一生便活在分寸间。既如此,寻求"度",把握"分寸",当是一辈子的事了!

许多人很努力地活着,但活不出天长地久;有的人活得很闲散,但随随便便就活到鹤发童颜。

活着,是一种态度。

你觉得满足了,惬意了,幸福了,滋润了,那说明你的心宽厚了。

活着是一种方法。

你在乎什么,不在乎什么,这是你对活着的机缘。

再次去巴马,我是和一位个体书商一同前往的。他告诉我,近几年有两类书籍一直特别好销,一是励志书,二是养生书。这两类书像哼哈二将站在各类书店推介前台的一左一右。

开卷有益,此话不假。好书犹如降落伞,不打开是没有用的。书中不止有"黄金屋"和"颜如玉",还有"志高远"与"寿百岁"。

而励志、养生本是人们精神的活法与肉体的活法。

巴马是一本大书,打开它,像个伞兵一样徐徐地降落在这"人间遗落的一片净土",漫不经心地看那里的如画山水,慢声细语地访那里的长寿老人,慢条斯理地品那里的世外美食。

心安理得。

而能精神富足的活法与肉体长足的活法才是真正心安理得的活法,两者的关键问题都在"分寸"上。

城里人生活累,一小半源于生存,一小半源于攀比,都怕时间飞逝而急求成功。其实，时间仍在，是我们在飞逝。

如果你简单，这个世界就对你简单，简单生活才能舒服生活。力求一生幸福，不如求时时舒服。正如巴马百岁老人宁愿求简单的"寸"，也不求复杂的"丈"。

巴马的老人为何能如此健康长寿，主要有五大因素：特殊的自然环境、和谐的社会环境、良好的生活方式、独特的膳食结构以及遗传因素。这其中，膳食结构又起着极其关键的作用。

巴马的老人"人瘦瘦，精神够"。正当城里人明白瘦的重要，要猴急地减肥时，巴马百岁老人早就清楚"老来难买短腰带"，宁愿瘦得雷同，也不愿胖得精致。

大山里的"寸"要比城市里的"丈"长。

现代都市人的很多毛病都是吃出来的，平常饮食不注意，又没能很好地进行自我调整，结果导致身体问题越来越严重。

在城里，适度管住自己的嘴是最关键；在巴马，适度放开自己的肚皮是关键。

巴马人有自己特殊的食物结构和饮食习惯，希望活得命长的您，不妨学习一下：第一，以素食为主；第二，动物蛋白摄入量要低；第三，以五谷杂粮为主食；第四，每餐吃七分饱；第五，食用火麻仁油和山茶油。

来巴马好好感受感受吧！近"人瑞"，得仙气。这里百岁寿星的生命质量是世界一流的。

而在巴马要体验的，不止是吃的"分寸"。因为，长寿现象是一幅幅精妙的画图，是齐白石早就说过的那种"妙在似与不似之间"的"分寸"。

千金难买老来瘦

巴马的绝大部分长寿老人中，不管男寿星还是女寿星，都瘦得精致，最多有个别"半肥瘦"。"千金难买老来瘦"是中国流传已久的健康古训，很有道理。"吃得肥，经得揸"的说法可能只有以"以胖为美"的唐代才会全民通过。就中国人的身材特点来说，中国成年人适宜的腰围为：男士为 85 厘米，女士为 80 厘米。如此尺寸能保持终老，真是莫大的幸事，而巴马老人的腰围甚至比此还小。看着巴马老奶奶的背影想象，个个都曾是骨感美人，如果让她们身着汉服，还以为是老年版赵飞燕呢。事实上，胖人的心血管总体一定没有瘦人的好。"通则不痛，痛则不通"，巴马长寿老人几乎从不生病，与其花钱买不来的瘦身硬骨关系大了！血管就相当于运血气、运营养的"水管"，水管一畅通，全身轻松。

树大根多营养足，人老话多心宽阔

包括自己的老爸老妈在内，我们有时总嫌老人的话多，"烦死了"这一口头禅几乎在城市里的每个家庭都飘荡过。但你有没有想过，一旦

黄妈伦：隔代婆媳一线牵

老人有一天不言不语、闷闷不乐,你还不心慌?

可以说,我看到家有百岁老人的巴马年轻人都是孝敬老人的好榜样,没有一个抱怨"人老话多"。甲篆乡平安村平寒屯 110 多岁的老寿星黄妈伦谈话兴致很高。她说,村里的新鲜事不断,老人们都很关心;谁家的孩子到哪打工,谁家的孩子从外地回家,谁家的孩子捎带了什么礼物,他们都知道;张三昨天如何,李四今天怎样,他们也清楚,简直像一家人在说自家事。

绝大多数长寿老人都爱社交、爱唠嗑,好像个个都是与生俱来的交际能手。他们生活上没多大压力,心里没什么禁忌,没事就看看邻居、走走亲戚。这些"百事通"们还主动把消息直接口传给腿脚不灵便的伙伴,这种热嘴对热耳的对接,比手机话筒亲切多了。

巴马老人的串门是很自然而然的,每天和邻居见面数次。相比之下,城市里一些人的串门则带有很强的功利性,完全像是在赴一个"局",甚至,对门对户如果没事情都老死不相往来。太多的城里人手机里会有上千个号码,却没有自己邻居的号码。

家和万事兴

"家和万事兴",此话说得多,真正做到却不易,家家都有本难念的经呀。有些家庭受"家衰口不停"的古训影响,以为家里安安静静比热热闹闹好。有的则以为老人爱清静,回到家后把门一关,就让家里成了静悄悄的仓库,名曰不打扰老人家。但实际上,大多数老人耐不住安静、守不住寂寞。

巴马长寿老人们都喜欢与家人生活在一起,有说有笑的天伦之乐解释了那个成语 —— 其乐融融。这个世界级长寿之乡里,一直保持着尊老爱幼的良好社会风气:哪家有百岁老人,哪家就会得到四乡五邻的爱护;如果家中的孩子不孝,三姑六婆会说到他悔过为止。巴马和谐的家庭气氛让不少长寿老人感到快乐的成本真的不高，足不出户，或在四周打打转，就能享受到儿孙满堂、有吃有喝的"知足"了。

小别胜新婚，"性福"巴马人

巴马人提倡"三晚"：晚恋、晚婚、晚育，不提倡甚至禁止婚前性生活。新鲜的是，在乡下，新婚之夜夫妇不入洞房，十天半个月后，新郎才请新娘回来住上一两天。此后，乘年节之喜或有大事才能鹊桥相会。这样的"小别胜新婚"使夫妻性生活量少质高、富于惊喜。此外，妻子怀孕后期才能到夫家落脚长住，但老婆老公你睡你的，我睡我的。孩子出生后，夫妻正式分床，儿子躺在爸爸旁，女儿卧在妈妈边，双方减少了肌肤之亲，房事就能避免过频，这是一种有理有利有节的"性福"。

有"好事"者统计过，一个男人一辈子就5000发"子弹"，打完就没有了，而长寿老人的性事频率一般约为：青年时每月四至八次，中年

翠日安夫妇

时每月二至四次，壮老年时每月一至二次，七十岁以上的老人一至数月一次。巴马人继承了古人的"节欲保精，清心寡欲"的优良传统，在世界长寿文化中独树一帜。据此统计，巴马百岁老人还有很多发"子弹"喔。

白切肉，不起眼的嘴上快感

我翻阅过一些营养学书，从中了解到，烹调方法从优到劣的顺序依次为：生、蒸、煮、炒、烤、炸，调味品越少放越好。尽管都吃肉，但是巴马人的吃肉方式比大城市里人健康、科学，既能保全营养，又能减少毒素，从不贪图一时的嘴上快感。

目前巴马最长寿的男寿星黄卜新今年113岁，他说："过去吃素多，那是因为生活贫困，没肉可吃。现在什么肉都有，不吃可惜呢。"他两三天吃一次猪肉或羊肉，一周吃一次鱼，动物蛋白量刚够就收嘴。城里人的欲念真多，此念刚下，彼念又起，其中"肉念"是最难控制的，即便是口口声声正在减肥消腩的人。巴马的香猪、黑山羊、油鱼、土鸡、土鸭，都是老人们爱吃的肉食，可吃法和城里人差得很远，包括年轻人在内，很少炒、煎、炸，只用清水将肉煮熟后切片吃。吃的时候不放任何调料，最多蘸点盐、白糖、酱油。我在巴马常常吃"白切"，看似不起眼，入口清香，每一次吃，都有儿时吃肉的感觉。信不信，两片"白切"我可以送一碗干饭，也算是一种嘴上快感。

巴马最有名的牌匾《惟仁者寿》

你信吗? 瑶族"人瑞"蓝祥活了 142 岁

在广西河池区域,古人也好今人也罢,姓蓝的人很多,但最有名的叫蓝祥。如果突然间告诉你他老人家活了 142 岁,吓着你了吗? 你敢相信有这样的生命奇迹吗? 这可是孔老夫子所言"古来稀"的两倍寿龄!

事实上,清代嘉庆皇帝就曾给这位瑶族老人题诗祝寿。142,清代档案里清清楚楚地记录了这个冲击人类生命极限的数字,至今仍引起人们一片惊叹和质疑。有人甚至说:"这相当于一秒钟跑一百米!"

在中国第一历史档案馆所藏清代档案中,专家查找到四件记录蓝祥的珍贵档案:广西巡抚钱楷给嘉庆皇帝的奏折、军机处抄录广西巡抚钱楷奏折、嘉庆皇帝上谕、广西巡抚钱楷给嘉庆皇帝呈上的奏片。

这些档案比较详细地记录了蓝祥的情况,大致为 ——

广西宜山县永定土司境内有一位 142 岁的寿星叫蓝祥,生于康熙八年正月,亲历了康熙、雍正、乾隆、嘉庆四朝。老人与其曾孙、玄孙一起住在人迹罕至的崇山峻岭之中,生活起居靠他们服侍,享受着天伦之乐。蓝祥老人秉性淳良,持躬朴素,精神矍铄,言语行为都很安闲。虽然走路需要人搀扶,但饮食正常,视物清晰,在当地很有声望。

清代把年龄过了 100 岁的老寿星称作"熙朝人瑞"。据规定,一定要由地方官员逐级上报中央政府，并同时取具族邻证明，由礼部核实后，再适当给予奖励。按照《会典则例》给建坊银三十两，101岁至110岁再加恩赏给上用缎一匹、银十两，并赐御制诗章及御书匾额，以示荣宠，随年事增高，得到的恩赏愈高。蓝祥命最长，享受的自然是最高待遇。嘉庆皇帝赏赐这位史册罕闻的寿星除"加恩赏给六品顶戴并特颁御制诗章及匾额"外，破例赏银二百两、缎五匹。嘉庆皇帝为蓝祥题写的祝寿诗如下：

> 星孤昭瑞应交南，陆地神仙纪姓蓝。
> 百岁春秋卅年度，四朝雨露一身覃。
> 烟霞养性同彭祖，道德传心问老聃。
> 花甲再周衍无极，长生宝篆丽琅函。

祝寿诗当时被刻成石碑，至今尚存。应该说，蓝祥确有其人，你应该相信中国人有如此强大的优良基因。老人何时去世，档案中无确切记载，但至少活到142岁，并且，蓝祥是广西宜山县人（现称宜州市），不是巴马县人，这是确定无疑的。当年的御制诗章、御笔匾额、牌坊已湮没无存，所幸中国第一历史档案馆所藏清代档案记载了这段人类生命极限的历史。英国生命科学研究者曾强调人类的终极寿命是150岁，蓝祥无疑成了英国人最有力的论据。

嘉庆御笔碑刻

有趣的是，宜山与巴马两地民众对蓝祥的"归属"一直在打口水仗，似乎是争得"人瑞"便得"仙气"。有人说的话中听："尊重事实、尊重历史没有错，但不管是宜州的，还是巴马的，都是我们河池的。"

刘三姐是宜山人、柳州人，还是桂林人？都不要紧，反正是广西人。

罗美珍：一个 126 岁寿星的"痒门"

看了这个标题，你可能以为"痒门"是一种健康长寿的门道，其实不是，其实也是。

巴马目前仍有 80 多位百岁老人健在，而最长寿者，当属"中国十大寿星"之首 126 岁的罗美珍。2011 年 12 月 20 日上午，我坐上巴马县委宣传部梁绍恩开的越野车，又一次来到该县巴马镇龙洪村巴买屯，探访这位人类长寿王国的奇人。

同行的还有安徽经视《第一时间》栏目组的三位同仁，他们将以老人的故事为题材制作一档春节贺岁节目，并为老人捎来了新帽子、新外套、红包，大家都想图个红红火火、大吉大利。

刚到村口，我打开车门，下车，点起支烟，喝一口甜到心的巴马矿泉水，放眼看了看罗美珍住的村落，似乎"风水"很好，前面是开阔地，左右及后有大山。我想，这是不是像古人描述的"左青龙、右白虎、前朱雀、后玄武"呢？唉，多想了，反正罗美珍老寿星肯定不是找人算过命才来这里定居的。倒是袅袅的炊烟升腾了我急于再次见见老人的愿望，是真的，每次见她都像见到了自己的外婆，要是外婆有这么长命就好了，我一定

罗美珍接受采访

罗美珍的家

罗美珍的奖状

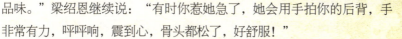

让外婆和罗美珍老人成为好朋友。我外婆做得一手好吃得不得了的包子,罗美珍上山打柴回来饿了,正好热气腾腾地啃上两个。

天才总是很有个性的。平时,老人很少喜形于色,她对你不感兴趣时,或爱理不理,或干脆走开。而每次面对镜头,她多半会用桂柳话说:"丑多,丑多,不拍,不拍。"采访老人次数最多的梁绍恩对我说:"她会说三种话,瑶话、壮话、桂柳话,轮着说。"我回答:"哟,绝了,说话也经常换品味。"梁绍恩继续说:"有时你惹她急了,她会用手拍你的后背,手非常有力,呼呼响,震到心,骨头都松了,好舒服!"

罗美珍

由于探访老人多次,大家知道要使她配合采访,一是要请来她最疼爱的孙子黄国远,二是要让老人觉得新鲜。

于是,黄国远"连哄带骗"地把奶奶从火塘边请到了屋外,接着,我脱下帽子,露出光头像递个大柚子一样伸到她面前——老人一下子乐了,笑出声来,一边说着瑶话,一边用手像运八卦掌一样抚弄我的脑袋。原以为会是一种树皮搓气球的感觉,非也,老人的手心相当光滑。

黄国远对我说:"你有福气喔,老人正'痒门'呢!在我们这里百岁老人摸你头是帮你接福喔。阿婆很少摸人头的。"

我问"痒门"是什么?黄国远告诉我,"痒门"是瑶族语"高兴、开心、快乐"之意。这个词新鲜有趣,而能为幸福、健康、长寿这些"胳肢窝"

罗美珍与笔者

挠痒痒的,不正是"如何开心愉快"这门艺术吗?

安徽经视编导丛文见状也伸头让老人摸,老人摸了两把干脆用头对撞,"砰砰"作响,好一个金庸笔下的老顽童周伯通。这是个一直很顽皮的长寿明星,一百多年来能保持一颗皮实的童心。我想,在安徽播出的这期节目一定很生动,一定会使安徽观众"可口可乐"地口口相传。

我也伸出脑袋让她"碰碰",没想到她力量大了些,老人叫了声"哎哟",吓得我一身冷汗。本家呀,你可悠着点啊!旁边有人说:"她逗你玩的,前段时间她从门口围栏上跌下去,满头满脸都是血,睡了两天就好了,一点事也没有,命硬得很呢。"是啊,命硬的人最懂自得其乐。

老人平日最爱自言自语,家人也说她有时半夜起床在屋里转悠,喃喃地不知说些什么。我两年前曾问她为何这样时,她用壮话说:"我在跟天上的人说话,他们叫我去,我不去。"逗得旁人都笑起来,她自己却不笑。当问起老人为何这么长寿时,老人又用土瑶话说了一通,大意是:河水是不会断流的,她不怕死,会"接命"(延长生命的意思),感觉身体不舒服时就到小河里喝水,用水来接命,就能延长寿命了!当然,老人说的话没有什么科学依据,但是我敢说老人的长寿原因除了人体基因条件外,与她那知足常乐、与世无争的心态,加上吃住在巴马这无污染的纯天然环境是分不开的。

去年医生来检查,除了有点眼花外,她身体没有其他大问题。罗美珍平时最爱吃的是自己上山采来的雷公根、苦脉菜、野牡丹等野菜,她把

这些野菜煮好后送玉米饭吃。在罗美珍家,我看到她睡的是竹席木板床,穿的大多是年轻时制作的本地产棉布衣服。老人洗漱全部能自理,睡觉时间也很有规律,每日天黑就睡觉,天亮就起床。

老人白天怎么也闲不住,上山砍柴、采摘猪菜,锄草种地。她只身扛着约50斤重的柴火从很陡的山坡往下走,不时顺着惯性碎步小跑,谁见了都为她捏了一把汗,只是,老人出的是热汗,大家出的是冷汗。

闲时,她不忘到猪圈看一下,对着猪絮絮叨叨几句,此时,大猪小猪似乎听懂了什么,"喔喔"地回应着。

我了解到,近年来,巴马县政府对长寿老人十分关心,每位长寿老人过百岁生日时,政府都派人带礼物到场给老人祝寿,每月都给百岁以上的老人生活补助,还定期给老人体检。此外,政府已着手建立长寿老人详尽档案,并将出台限制探访长寿老人的相关政策,尽量维护长寿老人的正常生活。

村里的老百姓对长寿老人也十分尊敬,有好吃的都先给老人送,然后大家才能吃,使老人"痒门",感受到晚年生活的温暖。

傍晚,我们一行人回到县城,见到早在1995年就陪同新华社、广西日报社记者采访罗美珍的何城全、覃兰海,一说起这位126岁的"人瑞",两人脸上顿时放光。何城全说:"16年过去了,罗美珍一点也没变,还是原来的样子,神了!"覃兰海说:"但是我们都已经老喽!"

大家听着都"痒门"起来,这是在为罗美珍"痒门"吧。

20世纪巴马最大的"白喜"：
罗乜政无疾而终

有人神秘地告知我，不少百岁老人有个共同的特点，一生基本没病，就连感冒也很少，但不病则已，一病劫数很大，谁能挺过，谁就有条件再活个十年二十年。

但竟也有不少百岁老人无疾而终。

巴马寿星罗乜政老人虽然一生无病，但在129岁高龄时也悄然离世。在民间，这么大岁数过世，人们都认为活得够本，死得其所，是白事，但更是喜事，所以有"白喜"一说。在广西不少地方，长寿老人生前用过的碗，家人都会留下一个作纪念，其他的打碎分给亲朋好友以示同喜。

罗乜政老人的无疾而终，可谓寿乡巴马最大的"白喜"。上个世纪至今，还没有人能打破她的记录。

1990年5月一个很平常的日子，一点预兆也没有，罗乜政和家人一起吃晚餐，还喝了半碗米酒，饭后也照旧与家人聊天，但就在这天夜里，老人说走就走了。像她这样的"死"法，也是大多数巴马寿星的常态。如那桃乡那敏村的何牙能，其最小的儿子何福生离家的前一天，她什么反常的状态也没有，第二天就有人向何福生报丧；寿星周牙堂、黄仕尤、韦仕春……几乎无一不是这样一夜之间仙逝的。

据《巴马县志》记载，清朝咸丰十年（1860）八月十三日，罗乜政出生于所略乡百九村巴枯屯。她年轻时身高1.68米，体重79公斤，力气比同龄人大，能挑100公斤的石灰到燕洞圩去卖，大气都不喘。做得多故吃得多，饭量很大的她一日吃三餐，每餐满满四大碗的玉米粥。吃法也特别，一般是早晚两餐吃热食，中餐吃冷食。她坐月子时，最多的一餐可以吃1公斤米饭和1.5公斤鸡肉。干活累时或逢年过节，酒量也不错，能喝上几大碗自酿玉米酒。她一生以吃玉米为主，爱吃水果。菜类主要有南瓜苗、苦麦菜、南瓜、四季豆、豇豆、眉豆、黄豆以及山野菜；油料主要以火麻油、猪油、山茶油、南瓜子油为主。别人做的饭菜她很少吃，甚至不吃，有点小洁癖。她自己做的菜一般以水煮为主，很少炒菜，吃饭时三下五除二，速度快过别人。老人穿的衣服、盖的被子用的都是自己纺、织、染的黑土布，从不穿其他颜色的衣物。有趣的是，她的枕头是木制硬板，长年使用后光亮如漆，中部睡成了弧形。老人也午休，但最多半个小时。

罗乜政一生都很淡定，遇事不过度悲喜。她历经清朝、民国、中华人民共和国三个时代，尝尽了酸甜苦辣。大哥赌博输了要她去抵债，她当了五年的长工，受尽欺侮。子女相继夭折，不久又丧夫。到了1985年又有一弟一妹病故。这连串的生死离别，让人很难耐受，但却没有令她过度地悲伤，这并非她没有人情味，而是她认为"人生在世谁不死"，家人死了本来就是一种不幸，如果自己太过于悲伤，又是不幸中的不幸，她相信逝去的家人在天上总会保佑在世的人好好活下去。

新中国成立前，罗乜政搬了四次家。有一年，一伙强盗把她辛辛苦苦劳动积攒起来的布匹、粮食、耕牛、钱等几乎全部家产抢劫一空，并放火把她的房屋化为灰烬。意志坚强的她收起眼泪，决定重建家业。几年后，家境又慢慢恢复。她总说："有人就有钱财，人勤就有吃穿，怕什么？"她总是笑口常开，忧愁的人看到她也舒展了眉头。她唱山歌唱了一辈子，走到哪里唱到哪里，100多岁还用歌来逗乐曾外孙。

罗乜政晚年与她的三女儿一块过日子。婆媳、兄弟、妯娌之间，和和睦睦，小事从不吵，大事从不闹。女儿、女婿、外孙、曾外孙都很孝敬她。逢年过节，寨上的家家户户争相把好吃的东西送来。在家人、乡亲的关怀下，罗乜政身体健康结实，不胖不瘦，眼不花，背不驼，头发中也只有少量银丝，牙齿虽然脱落，但言语流利，加上记性好，许多往事都可以像录像带一样"回放"得清清楚楚。老人"归仙"时，《河池日报》以"世界长寿之乡一寿星陨落"为题做了报道。罗乜政以其享年129岁的高龄创下了一项"巴马之最"。

古来稀的"定心丸":补粮续寿

"人生七十古来稀。"这随口就来的稔熟之语使历朝历代的人们有意无意地自设了一道精神门槛,认为人生70岁已经到了风烛之年。人不能死两次,故即便是最坦然的人,对死也有恐惧之心。

很多刚过70大关的巴马老人认为老天爷赐给的"粮食"就要吃完,心情郁闷,一有点小毛病便胡思乱想。这时,儿女们看在眼里,急在心里,急着在这一关口为老人"补粮",以消除老人心头之忧。

什么叫"补粮"?按字面意思解释,即"补充粮食"。

在巴马民间,很久以前就有这样一条不成文的规矩:人过了70岁,就要经常请算命先生看生辰八字,看其是否有"缺粮"迹象。如果"缺粮"就意味着生命即将终结,儿孙们就要在其"粮绝"之前举行一次"补粮"仪式,巴马当地俗称"送生粮",认为这样就可以使老人延续寿命。其实,这样的仪式有强烈的良好的心理暗示作用。皮格马利翁效应告诉我们,对一个人传递积极的期望,就会使他进步得更快、发展得更好。反之,向一个人传递消极的期望则会使人自暴自弃、放弃努力。巴马人在潜意识里是很懂心理学的,而且是心理暗示的高手。

"补粮"二字字面简单,仪式实则相当复杂。"补粮"需择日而行,要根据老人的生辰八字和五行相生相克的"原理"来确定。例如,若老人五行属金,则选土日来补,因土生金,能使金旺。而此日有多少个良辰,在哪个良辰举行仪式,都相当考究。这些时辰的"宜"、"忌"都可以在传统的万年历上查得到。

一家人商量好后,就在择好日子这天,请来师公。在堂屋祭桌上摆好三大碗白米当香炉供着,分别插上诸神牌位及老人的奏章。祭桌的四只脚分别绑上四根青竹竿,每根竹竿再系上些谷穗和布条。另外,选好一匹自家纺织的黑土布,徐徐展开,作搭桥用。布的一头先由祭桌开始,再沿着堂屋一直延伸进老人卧室的床边。老人坐在床前,把土布的另一头揣在怀里,双手捧着一个红布袋等着,用来收受礼财和"食粮"。

端坐床前的老人一身全新打扮,新衣、新鞋、新帽。此时,师公宣布准备开始!儿孙们便按男左女右排成两列,并向老人所在的方向跪拜。老人的房间里摆满了活禽、猪肉、大米、现金等各种礼物。仪式开始后,礼物一件一件从祭桌向床边传送,先按辈分高低送,再依年龄大小送。每送上一件礼物,师公都要大声报上送礼者的姓名和祝词,老人听得喜在颜上,乐在心里。如师公报"大儿子送鸡一只",这只鸡即从最小辈分起传,一直传递到老人手上。送钱时也如此。老人笑纳,丝毫不客气。

所有礼品都献上后,师公就选切些熟肉放到一个盛了半碗饭的碗里,由老人的子女送到老人床前,一口一口地喂老人吃,老人吃得很开心。最后,师公把一条红布围系到老人腰际,并将那四根青竹竿放到老人床头或蚊帐顶上,封灯、放鞭炮,"补粮"结束。最后,集体聚餐,齐齐庆贺,像过个小节。

送给老人的大米要倒入备用的米缸,专供被"补粮"的老人一人尊

远望长寿村

享；猪肉之类不便久存，当天就集体享用；活禽则做好记号，在家旁放养，老人什么时候想吃，什么时候宰鸡杀鸭；所送的钱，则由老人收入囊中自由开支。

巴马的"补粮"有两种，一种叫"补生粮"，另一种叫"补熟粮"，以上介绍的叫做"补生粮"。"补熟粮"是这样的：当家有老人生病时，邻里熟人就会通知老人已经外嫁的女儿或侄女、女婿、侄女婿等，限于某一天按时将煮熟的米饭和肉类用粽叶包好送到老人家里。当来到老人房门时，要高声大叫："我送粮来了，您吃了一定会快快好起来！"老人听了高兴地应道："好的，进来吧，我正等着吃呢！"进入房间后，要把"熟粮"一口一口地喂老人，老人吃完之后，来人要说声"好啦"以示"补熟粮"仪式结束。

巴马人认为，"补粮"是老人的"定心丸"，能给老人一种心理暗示，通过这种仪式，让老人觉得晚辈们都很孝敬自己，"续寿"就有了保障。这一做法，相当于现代医学上的"精神疗法"或"心理疗法"。凡人对"望梅止渴"之类的暗示很受用，而梦想成真，往往是好梦变妙真。

备棺增寿："寿方"？

"不见棺材不落泪"，这句俗语用来比喻不到彻底失败时绝不肯罢休的劲头。但巴马不少家庭会在自家厅堂的大门边摆着一两副棺材，一家人天天与这大家伙面对面，没见谁泪雨纷飞。如此毫无顾忌，让人一时想不通，难道"寿"一定要与"死"摆在一起过家家吗？

哎，你还别说，正是如此！

在广西，同讲桂柳话的柳州人与河池人都不排斥棺材，甚至喜欢棺材。在柳州人的眼里，棺材寓意"升官发财"，工艺师常常把棺材做成非常精致的工艺品，小的只有拇指那样大。而巴马人对摆在自家厅堂的棺材不叫"棺材"，而尊称之为"寿方"。

当老人 60 岁时，家人都会为老人预备一副"活棺材"，所以，在寿乡巴马，能够享受"寿方"待遇的是活到 60 岁或年纪更大的人。

然而，常常"棺木比人更早朽"。

巴马镇法福村坡月屯 112 岁的壮族寿星陈妈乱，从 60 岁起，儿女们便为她准备了一副"寿方"，后来，村里有别的老人去世"借"去了，家人又为她备了一副，后来被虫蛀了，又换了另一副，不久别的逝者再次"借用"，一直备到第五副才为她所用。甲篆乡百马村甘水屯百岁老人潘乜牙，也创造了"五副寿方四副朽"的"记录"。

像陈妈乱、潘乜牙等长寿老人能够最终"享用"的这些棺材，才称得上真正意义上的"寿方"。为老人预备"寿方"意义重大：一是预祝老人"寿寿方方"，长命百岁，理所应当；二是"寿方"摆在眼前，老人感到家人对自己很好，身后之事安排得这样妥妥帖帖，使老人没有后顾之忧，心情愉悦，安心度日；三是"寿方"能使老人胸怀坦荡地与死亡"过家家"，活能好好活，死也好好死，当睡安稳觉。

看来，"寿方"还真成了寿方。

坚韧"土砂纸"："命硬"巴马人

巴马人命很"硬"，人生的沟沟坎坎可以在额头上布下了道道皱纹，从来难以在巴马人的心头上布下伤痕。生活上这样那样的不如意，对他们来说都是小菜一碟，稍加咀嚼，一笑而过。但是，巴马人也有很在意的东西，那是一种特别的纸，比纸币还重要的纸。

不知其他地方有没有，反正，在巴马农村，几乎家家户户都有一本生辰八字簿。这种用坚韧、发黄的土砂纸书写的东西是农户的传家宝，在他们眼里，甚至比户口簿还要珍贵！户口簿丢了可以补办，但生辰八字簿没有一式两份，丢了事大。要是哪家的生辰八字簿找不着了或毁掉了，那一家人便会觉得心里不踏实，总是千方百计弥补。

生辰八字簿不同于户口簿，也不同于族谱，它用毛笔书写，一般有十多页，多的有二十多页，用锥子扎洞后穿绳固定，托在手上轻飘飘的，但在巴马农家人眼中，那是用文字记载的"第二条生命"，分量极重。我曾亲眼见到过一位106岁老人家里的八字簿，她把家里的户口簿与这本生辰八字簿放在一起，似乎"公家"承认之物与"自家"承认之物同样重要。这本八字簿里，最靠右边处写着每个家人的出生年、月、日、时、分，最上边与最下边有天干与地支的记载，最左边有"五十八岁难"、"贵人化解"等字样，不懂奥秘的人看得云里雾里，堪比天书。

巴马县委宣传部的朋友告诉我，巴马农村人遇不利事，都要拿生辰八字给师公（也有人叫道公）去测算、解难。生辰八字若记载不准，就算不准，这个人的"难"就解不了，所以，出生时间精确到分钟是有必要的，在这个问题上，没有人会马虎。通常，新生命呱呱落地之时，家里长辈就要请人将其生辰八字记入生辰八字簿，以备将来据此为其"避邪消灾"。而记载生辰八字所用的纸张，一定是这种当地人制作的"土砂纸"，尽管它没有一般书写纸那样白净，泛黄甚至有些发黑，但它非常坚韧，用力扯都很难扯坏。巴马农村人认为，这种"坚韧"的"土砂纸"是生命耐受力强的象征,会带来八字后面的"命硬"。

有人生病时,亲属会马上找出"土砂纸"让师公对照其生辰八字,查查这人与家人之间的八字是否"相克",若是,则让师公帮"改"好;再查查这人是否"短命",即其预期寿命在当年是不是有危情,如有,也请师公"化掉",以"续寿"。

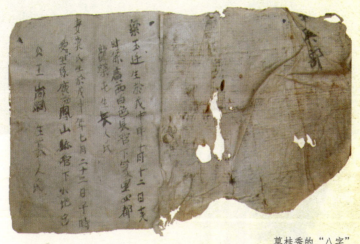

莫桂秀的"八字"

这本生辰八字簿用处可大啦! 它还是婚娶喜庆必须查看的重要资料。择吉日时,要找出全家的生辰八字来查看,选择全家人都能平安无事的日期、时辰来办"终身大事"。另外,办理白事也离不开它,因为,在办白事的那一天,如果死者与自家人的生辰八字有相克就不妙了。

巴马人记载生辰八字历来都很认真,在外人看来,这很可能是种迷信,但如果你对人类神秘文化现象感兴趣的话,深入去了解一番,也许你会得到另一种思维世界的乐趣,你会迷上它,也会考虑信不信它。信也罢,不信也罢,这"土砂纸"是有功之臣,其翔实的基础数据曾为巴马"长寿之乡"的确定做出了一定的贡献。只是,它一直养在深闺人未知,很多局外人不清楚,也从来不曾见识过。

生辰八字

103 岁的莫桂秀老人

巴马百岁老人轶事

113 岁老人照顾 80 岁儿子

巴马甲篆乡平安村巴盘屯是巴马最有名的长寿之地，510多名村民中，百岁老人多达7人，这一数值是世界长寿乡标准的近200倍。黄卜新老人是屯里年纪最大的寿星，他的儿子是今年80多岁的黄忠胜。每天下午，趁着儿子烧火做饭的工夫，黄卜新拿着家里的脏衣服来到河边，十分利索地洗完几件衣服后，步履轻松地走上几十级台阶回家。

1969年，黄忠胜在开山放炮时不幸双脚受伤，落下痛患，到了1994年，他就已经失去

百岁老人黄卜新

劳动能力，只能拄着拐杖或借助小板凳作支撑，在家做些烧水煮饭的轻活。父爱如山，此话不假，为了照顾儿子，黄卜新一直进山砍柴、下地种菜，父子俩你长一岁我老一年，同甘共苦，从不言弃。平常的日子能活出不凡的踏实最令人感动，上苍回报了黄卜新百年有加的岁月。除了听力有些不好外，黄卜新手脚麻利，还挺有力气。老人喜欢外出，每逢圩日，他会独自一人走三公里的路到圩里赶集，赶圩归来啊哩哩，外面不断变幻的世界撩拨着他时不时返老还童的心。

"你只能叫我伯母"

巴马长寿研究所所长陈进超对巴马长寿现象很着迷，在20多年的研究中，有一件事让他印象最深：一位简姓老人，家人为他办百寿宴，先后来祝寿的直系亲人和邻里有240多人。陈进超想为他们照一张全家福，但是，由于人太多，很难拍全。最后，只能由各家各辈选代表与老人照一张合影。

此时，有一位老人坐在寿星跟前，陈进超让她往上挪位与寿星同排。可她不同意陈进超的建议，理由是她虽然82岁了，但是仍为女儿属于小辈，不能与父亲并排同坐。当陈进超称她为"阿婆"时，她又反对："在这里我没有资格当阿婆，因为我父亲还活在世上，你只能叫我伯母。"

俄罗斯记者采访老人

覃妈弟老人   覃日安在劳动

多次结婚不受歧视

巴马人之所以长寿,其中的一个原因是晚辈都十分尊重长者、孝敬长者,以家有高寿老人为荣。而老人们亦都心胸开朗,性格平和,安享天伦之乐。此外,巴马长寿地区婚姻恋爱自由,夫妻和睦,婚变少。离异或丧偶后再婚不受世俗限制,男女多次再婚也不受歧视。据调查,巴马百岁老寿星中有两次以上婚史者不少。有部分老人没有生育子女,但与养子或侄子相处得很好,同样受到尊重。

期颐之年,适度劳动

为什么把 100 岁叫做期颐之年?源于汉时戴圣所辑的《礼记·曲记篇》:"人生十年曰幼,学;二十曰弱,冠;三十曰壮,有室……八十、九十曰耄……百年曰期,颐。"意思是人生以百年为期,所以称百岁为"期颐之年"。

理学家朱熹认为,"期","周匝之义,谓百年已周",即人生转过了一圈;"颐","谓当养而已",即生活起居待人养护。然而,巴马百岁老人并非"期颐"者而是劳作者,劳动一生是他们质朴自然、不加矫饰的本来面目。巴马的老人都养成了终生始终在劳动的良好习惯,但

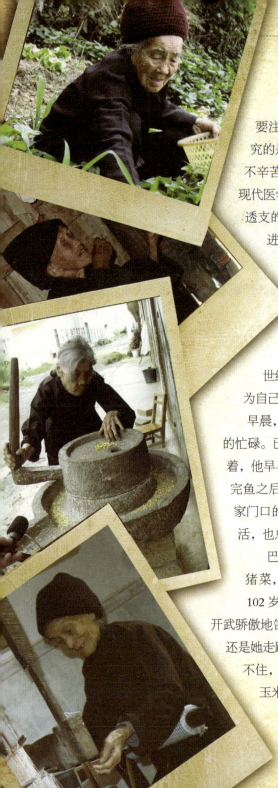

要注意的是，他们过了百岁之后，讲究的是一种适度的劳作，这样的"适度"不辛苦，对老人的健康是非常有好处的。现代医学研究表明，经常进行适当的而非透支的运动能增加人体血液的循环，促进新陈代谢，能使人的心脏收缩力增强。巴马百岁寿星拥有 50 岁人的心脏，还真不是吹嘘之事。

作为"劳力者"而非"劳心者"的巴马百岁老人，因为近乎一个世纪的本色"劳力"，使得他们不必为自己的健康"劳心"。

早晨，巴马镇那坝村的人们开始了一天的忙碌。已经 103 岁的韦汉儒老人也没有闲着，他早早地就起床给自己养的鱼喂食。喂完鱼之后，老人又拿起了铁锹，准备把自家门口的路垫平，老人似乎总有干不完的活，也总有使不完的劲儿。

巴马镇的韦奶妮则常常坐在门口剁猪菜，动作干脆麻利，看不出她已经 102 岁高龄了。韦奶妮 51 岁的小儿子韦开武骄傲地告诉客人，剁猪菜不算什么，猪菜还是她走路从外面打回来的！老人家就是闲不住，而且，她走路不用拐杖，自己煮玉米粥，自己缝补衣服。

"去年我们收了 160 斤黄豆！"104

岁的黄美根说。她与 102 岁的妹妹黄美念去年种了差不多一亩黄豆,常去培土护理。姐妹俩还结伴去野外采野菜、打猪草,姐妹俩能相伴到这般年纪,着实令人羡慕不已。

生命在于运动,巴马长寿老人的健身运动就是劳动,终生劳动。在巴马,大多数老人坐不住,总是要找点活干。他们认为,不动一动,肯定生出病来。

100 岁还收徒弟

对于巴马百岁老人而言,长寿境界并非刻意追求。这一境界自然而然,没有设想,也没有料到,不知不觉就达到了。

传说,巴马人过去习惯于以黄豆计算寿命。拿一截竹筒,开一个小洞,每年往里丢一粒黄豆。岁月悠悠,一年一年地投进黄豆,人们常常忘记了自己的年龄。到了竹筒盛不下了,就破开它,倒一地豆子,一粒一粒地数,就这么数到了 100 粒,就这么活到了 100 岁。我曾问当地人:"如果黄豆被老鼠偷吃了怎么办?"笑答:"继续把黄豆塞进去。"

寿星们知足常乐,清心寡欲,无为而乐。许多长寿老人不愿意随儿女进城生活,不像很多人那样脑袋里总有"有志者,誓进城"的情结,情愿在清静的深山里安享晚年。"黄发垂髫,并怡然自乐",《桃花源记》中那诗般的情景,在巴马随处上演。

巴马是精神上的富足的巴马,这里民族风情保留完好,不少百岁老人都是闻名各个山头村落的山歌手。104 岁的黄美根、102 岁的黄美念还收了一批山歌徒弟。百年后还能口吐莲花,容易嘛!

住砖瓦房好还是住水泥房好?

你相信吗?大多数巴马百岁老人一直居住在红砖瓦房里,这种房子的自然放射能能量值是水泥屋的 3 倍以上,有效地增强了百岁老人的人体免疫力,辅助内分泌系统运行——这是国际自然医学会会长森下敬一博士的研究成果。

这位严谨的日本人特意挑选了三位巴马百岁老人进行相关的数值测试调查比较,发现只有其中一位岁数最小的老人住的是水泥房。他认为,这个新露面的长寿秘籍无疑有趣地碰撞了现代文明。

事实上,巴马的红砖瓦房日渐被水泥建筑代替,尽管还不像大城市那样成为"水泥森林",但这让森下敬一产生了担忧。"这确实算是一个危机!"他说,"水泥房子的自然放射能很少,负离子含量也偏低,对养生增寿的作用变小了。"

有人问:"那么,住房究竟该现代些还是返古些呢?"森下敬一表示难以回答。

我想,如果有条件的话,画家、书法家等"逍遥"人士可以到巴马住间老泥房试试,只要不是危房,一定会住出一种有味道的悠哉悠哉。甚至,可以重新搭一间小土房,从土房的小窗望远山 ——"画意远山明"。

巴马砖瓦房能助人长寿

有一种舒服叫口福

人活两张皮，肚皮是第一

想想也是，人生在世不就为脸皮和肚皮而活嘛！有了脸皮的虚荣，有了肚皮的充盈，不管在何处睡下，在哪里醒来，人都安逸舒服。

但是，脸皮是"上层建筑"，肚皮是"经济基础"，经济基础决定上层建筑，所以，肚皮始终是脸皮的大哥。很多人最尊重自己的肚皮，口福是自己向自己行的最实惠、最优雅的见面礼。肚皮开心，脸皮放光，一个人不吃不喝肯定有问题。

古语有"双肩承一喙"一说，就如字面上的意思：双肩托起一张嘴，只因为那嘴巴不断要吃，双肩便要不断地拼命扛。

人生，真情为了一个"口"。吃官饭、饭碗、吃亏、吃苦、吃不消、吃得开……这些词经常游走于我们的嘴边，而尝试、酙酌、囫囵吞枣、生吞活剥……这些词也时常奔走于我们的脑子。"吃"，潜移默化地影响了我们的语境和意境，所以，离了"吃"，我们说话、思考都不利索了。

口腔快感，最让我们迷恋以至痴迷；好吃好喝，最让我们感到舒服以至幸福。毫不夸张地说："吃"，无论何时，都是中国人的第一快感。

其实，我们平时听到很多人说，哪个地方哪些人最会吃最能吃！其实，仔细想想，哪个地方的人不爱吃？全世界人民都是美食的拥护者。

所以，不管是中国人还是外国人来到巴马，刚下车，未下榻，第一句话往往就是："巴马有什么好吃的？"这句话脱口而出的机会比"巴马有什么好玩的"多得多。

有口福是人的第一舒服。谁嘴角有痣，经常会被别人赞为嘴巴有钩、美食家、食神，这样的"马屁"轻轻拍，有时比赞他幽默、聪明还要受用。各路高人，你们来巴马前，请先准备好牙口、好胃口。我同时也先向你提个醒，吃在巴马，首先可能会令你迷惑，但我相信，最终会令你迷恋。

巴马长寿老人的吃法能"治未病"

吃在巴马能"治未病"？这也许是人们初识巴马的迷惑。

中医讲究"治未病"，也就是说，在病刚刚出现苗头时，就要像在公园里玩"打田鼠"游戏机一样把它打下去。甚至,连苗头都看不到的时候,就已经未雨绸缪,绝对不可以临渴掘井。

吃,首先得吃饱,其次得吃好。当下的人们满足这两点后,就得过且过了。其实,填填肚子,过过嘴瘾,并非是吃的最高境界,而吃走疾病吃来健康才是人类饮食的终极目标。

寿乡老人的膳食结构证明了他们已经吃出"治未病"的境界,吃出了养生的最高境界。

巴马的长寿现象与当地自然环境、社会环境、遗传因素、生活方式、心理素质和微量元素等有关,但最直接、最重要的就是饮食结构。简单说来,就是怎么吃? 吃什么?

我来概括一下吧 ——

"五低"和"两高":低能量、低脂肪、低盐、低胆固醇、低蛋白质与高维生素、高纤维。我小时候练过游泳,很明白这种吃法吃不出运动健将,但这种以植物性食物为主的"谷菜食品营养论"能使饮食随季节而变化,保持新鲜多样,且能让长寿老人吃不忌口。我想,这样的长寿菜谱若到餐馆,平常大鱼大肉惯了的人肯定受不了,一看菜谱就马上犯晕。很多人在饭局上点那道"五谷杂粮",也是象征性为之,或者说摆着好看,可巴马老人一直保留以植物性食物为主、动物性食物为辅的东方传统膳食结构,一年365天都以玉米、稻米为主食,辅加红薯、芋头。

另外,巴马老人爱吃豆类,能餐餐有豆,老人会很高兴。从他们年轻时开始,牙床没有离开过这豆那豆,"嘎嘣嘎嘣"声中嘴巴度过了一个个"战豆"的青春。巴马的豆类实在丰富:黄豆、眉豆、竹豆、豌豆、绿豆、花生、猫豆、黑豆、四季豆……一年四季不是这豆就是那豆,以黄豆居多,其次是绿豆、眉豆。巴马的长寿老人每人每年食用豆类25 — 50公斤,他们习惯将黄豆磨成粉后制成豆腐丸食用。过去也好现在也罢,老人们最爱吃的菜叫和渣菜,即将黄豆磨成粉或浆状,配以各种蔬菜,如白菜、芥菜、南瓜苗一锅煮。这种汤菜营养丰富,可口润肠,易消化。

柴火在巴马卖到 15 元一捆，当地人说不贵。烧火做菜特别香。

黄豆是很有营养的，听老人讲，在 1959 —1961 三年自然灾害时期里，曾流传着"三颗黄豆的营养等于一个鸡蛋"的夸张说法。

　　当地的蔬菜品种也十分丰富。人们常吃的菜类有白菜、芥菜、萝卜、大蒜苗、红薯苗、南瓜苗、南瓜花、西红柿等几十种，还有苦麦菜、雷公根、羊角菜、蕨菜等近百种野菜；笋类有南竹笋、金竹笋、甜竹笋、苦竹笋、刺竹笋、毛竹笋等；瓜类有南瓜、黄瓜、冬瓜、丝瓜等。长寿者每人每天食用蔬菜 0.5 — 0.75 公斤。我最爱吃当地的苦麦菜，清甜、回甘，很爽口；还有南瓜苗，用清水直接煮，放点碎肉，再加些面条，瓜苗和面条一起入嘴，

一种特别的滑嫩感像一支上等的唇膏走过双唇，愉悦。

巴马长寿老人以食用植物油为主，常吃的有火麻油、山茶油等，有时觉得油水不足，也吃些猪油、鸡油等动物油。

人不生病，就不知道健康是多么重要。很多人身体长年处于亚健康的状态，若再放纵下去，量变肯定会产生质变。

我们究竟需要什么样的口福呢？有没有既能"治未病"，又能大快朵颐的食物呢？有！就在巴马！

巴马火麻：全世界最为神奇的长寿食物

天天吃火麻 活到九十八

我的大学同学兼同宿舍伙伴告诉我，火麻最爱岩旮旯，肥水肥田里没有它的影子。一次，我到离巴马最边远的山村之一兴仁好合村看看，听说那里的火麻有模有样，长势旺盛。

沿着一条悬崖峭壁边的新开辟的公路，我来到了这个和城里景象完全不同的村落。第一次见到这么多的火麻树 —— 山地上、岩旮旯里、石缝中乃至石墙上都长满了，落地生根，就像南国城市中的冬青树一样平常。

村里人介绍，他们祖祖辈辈都以散播的方式种植火麻，不少间种于玉米地里，不需施加任何肥料，任其土生土长，地肥了它还不爱呢！而且，火麻树分公母，公树开花不结籽，只有母树才留下累累果实。我们来到这里时值秋高气爽之日，此时，公火麻只剩枝丫，母火麻树却果实充盈。徒步在崎岖的山路上，穿过一片又一片的火麻林，比漫步在植物园还要心旷神怡。一棵棵火麻树就像是伸向天空的一束束牙刷毛，把空中的杂质都清理了干净。艺术学院的师生要到此写生的话，想必从早到晚都不肯放下画笔。

火麻汤

老乡很快就煮好了一锅火麻菜,非常清香,而且是一种很特殊的清香,和用手搓生火麻叶的气味类似。火麻菜吃起来很爽口很清甜,就不知煮这东西有没有什么特别的技巧。老乡家里每年收的火麻仁,基本上是自己食用,没有卖。村民们长年吃火麻,人很精神,平日连个小感冒、小肚疼都极少见。

我学到了一首巴马人编的打油诗:"天天吃火麻,活到九十八;火麻是个宝,长寿少不了;火麻是兜药,心病医得脱。常吃火麻菜,身体多自在;常喝火麻汤,胜似开药方。多种火麻树,农民得致富;多吃火麻油,延年又益寿。"

这首打油小诗用河池话念最正宗,念毕,推窗望月,许下心愿,不求长命百岁啦!能活到九十八或者八十八,足矣!原因是,在城里天天吃火麻我真的做不到,至多三天吃一次。

而巴马人吃火麻是很自然的事,根本用不着坚持。

生来就是为人民服务的

火麻像桂林盛产的银杏,有雄株和雌株之分。火麻种里大部分是雌的,只有少部分是雄的。火麻树的雄株和雌株长得差不多,可正如男人一般比女人壮一样,雄火麻比雌火麻长得稍壮些,但是,像傍地而走的雄雌双兔,很难区分出雄雌,只有等到农历五六月份开花时节才能辨别。巴马人在农历正月播种火麻,到了农历九十月份,火麻树结果,农家进入了收获之秋。

当地人称,火麻还有一个奇特之处:只有果实成熟后才能把雄株拔走,如果雌株的果实还没有成熟就拔去雄株,雌株就不能结果。正所谓"公不离婆,秤不离砣"。

人们夸起巴马火麻,就像夸宁夏枸杞 —— 全身上下都是宝。似乎,这种植物界的精灵生来就是为人民服务的。溢美之言其实并不夸张,且听我慢慢说来。

火麻树　　　　　　　　　火麻仁

　　麻贲：连壳的火麻果。麻贲可以治五劳七伤、止痹散脓、破积下血，同时，也像枸杞一样能明目保肝。

　　火麻仁：去壳的火麻籽。火麻仁榨出的油就是闻名的长寿油 —— 火麻油，一般油都浮在水上，但火麻油可以做到水油交融，是世界上唯一能够溶解于水的油。它是治疗慢性病的好东西，能疏通血脉，治中风水肿，还能滋阴补虚，帮助消化。妇女分娩后，多吃火麻油，还能预防不少产后疾病。有高血压、高胆固醇的人多吃火麻油，也会日益感到身体轻松。而便秘者吃了一段时日火麻油后，"蹲点"时也可以省时费力。土办法加工火麻油，要先炒熟火麻籽再压榨；而新做法是直接对干燥的火麻籽进行物理压榨，再进行过滤、精炼、精滤、罐装。火麻油有一种特性，就是容易被氧化，氧化后的油反而对人体不利。所以，火麻油罐装后最好开盖即吃，倒油后即盖严，并尽快吃完。

　　火麻花：别称麻勃。麻勃味微苦，性温无毒，可治女子月经不调。

　　火麻叶：可以捣烂成汁，按一定剂量服用可以驱蛔虫。当地以前没有驱虫塔糖卖，用此法给小孩驱蛔虫，相当灵验。若被蝎子等毒虫咬伤，则可将火麻叶捣烂敷于伤口处，有一定的疗效。用火麻叶浸泡过滤后的水洗头，能滋养头发，长年使用头发乌黑光亮。

　　火麻根：捣汁或煮汁服用，可以治淤血、尿路结石、妇女血崩带下不止。

在旧时，农家还用它来治疗难产。

火麻，俨然不会说话的老中医，一身灵验的单方。

巴马火麻是真正的"天木"

《易经》称火麻为"天木"，大概的意思是"天人种植的树木"。所以，这高达 1.5 — 2 米的草本植物也受到了虫子们的尊敬，一般无虫害。火麻很神奇，只能在贫瘠山地里生长，老老实实地待在一块块大石头的夹缝之间，而且不用施肥、不用浇水，你越不管它，它反而长得越好。火麻虽说是巴马特产，但在县城内极难看到正在生长的火麻。火麻疯长的环境基本上就是最原生态的地方。巴马西山乡巴纳村加雄屯是离县城最近的火麻基地，驱车一小时能到，那里就是典型的山旮旯。我想，小小的火麻都能在夹缝中毫无怨言地"卧薪尝胆"，求的是"我为人人"，而非"人人为我"，我等惭愧矣。

6500 年前，我们的祖先就已经大量种植火麻，如此算来，比中国的五千年文明史还长。那么，巴马火麻的种植历史有多久？《巴马县志》只笼统地说"种植历史长，1946 年仅种植 2000 多亩"。到了 1980 年，巴马火麻才开始扩种。

不过，巴马火麻在近年像威风锣鼓一样叫得很响，这跟巴马被列为世界长寿之乡有一定关系，而更重要的是，巴马火麻本身具有不同于我国其他地区火麻品种的特点。

经过检测，巴马火麻的微量元素含量比云南、安徽等地的火麻高。巴马火麻内的有害物质含量低于

长寿火麻油

0.00017%，几乎等于零，这个含量在国内火麻品种中是最低的。按照国家规定，有害物质含量不超过 0.1% 的火麻允许食用。这表明，巴马火麻可以用于食品加工。

需要说明的是，北方种植的火麻一般不用作食用，北方火麻一般在火麻籽还未成熟的时候就收割，那里的农户要的是火麻皮，把它卖给纺织企业做原料。

要食用火麻，就吃巴马火麻吧！

火麻芥菜汤　上桌一扫光

长在石缝里的火麻

巴马火麻吃法多多，最常见的一种是：将火麻仁磨碎或舂碎，人工过滤，与各类蔬菜一起混煮，最常见的是混煮南瓜苗和芥菜。此菜卖相一般，但味道清香，尤其是火麻芥菜汤，满满一大碗，上桌时多半人以为吃不完，可到最后经常是一扫而光。

这火麻汤在巴马当地十分常见。当地厨师介绍，现在做火麻汤的方法比传统做法还要讲究。大概是：先将火麻用器皿盛好，注入水，水与火麻的比例为以 1：2 或 1：3，稍稍搅拌，再用小石磨慢磨，磨成火麻浆，最后用纱布过滤。煮汤时，将过滤后的火麻浆倒入装有适量水的锅中，烧开后，才能放入青菜。有一点要注意的是：放青菜时不要搅拌，尽可能让火麻糊粘在菜叶上，以免火麻糊沉淀到锅底，再慢慢地将青菜压到火麻浆下面，调置比文火稍大的火力，出锅时间以青菜熟为准。煮熟后的火麻浆呈乳白色，口感像蛋白。火麻浆浓度越高，火麻汤就越浓，可浓至米糊状。吃的时候可配以酸菜，而最好是农家盐腌的土酸菜。

火麻汤

　　为何巴马人爱吃火麻？有人认为，巴马农村以前生活很苦，过去家里没有花生油，炒菜之前把火麻丢进锅里炒一下，锅里就会抹上一层薄薄的油，然后再把菜下锅炒，就有油香味了。后来，巴马人发现用火麻来煮粥、做菜、熬汤，无须放油且耗盐少，久而久之，形成习惯。谁也没想到过去只是用来充饥的东西，现在却成了宝贝。

　　到巴马的吃客请注意啦！火麻芥菜汤中的火麻汁很特别，是乳白色浓稠的汤水，表面会浮着一层泡沫。这道菜最重要的就是这泡沫，丢掉了可惜。别看当地人煮火麻汤很容易的样子，其实处理起来并不简单。有人当初把火麻芥菜汤引进城里酒店时，费尽九牛二虎之力都煮不出那乳白色的浓稠汤汁来，不得不从巴马请来高人。

火麻仁：防治便秘的千年秘方

　　便秘很痛苦，太用力不行，不用力也不行。我记得读大学时有同学经常便秘，有时半个小时了还"身陷囹圄"。我想，这位老兄那年头遇到火麻就好了。

　　2009 年，中央电视台《探索·发现》栏目报道了一款治愈便秘的特效药——火麻仁。而火麻仁在巴马，早就已经成了长寿老人防治便秘的秘方。

　　火麻仁入药在我国有着悠久的历史，诸位中医大家都认为火麻仁是一味润肠通便且兼有补养作用的药物。《神农本草经》言其"补中益气，久服肥健"。《药性论》说它"治大肠风热结涩及热淋"。《本经崇原》则谓"火麻仁性味甘平无毒，主补中益气，久服肥健，不老神仙"。《本草备要》也称火麻仁"缓脾润燥，治阳明胃热汗多两便难"。

　　据了解，很多老年人因津枯肠燥而导致大便燥结，不能顺利排便，甚至有人一连"囤货"好几天，往往苦不堪言。遇到这种情况时，如果使用猛烈的泻药攻之，易引起腹泻不止，而且止泻后便秘依然如故，不能从根本上解决问题。而火麻仁既可润燥滑肠，药性又温和绵缓，老年人最好选用火麻仁来润肠通便。另外，虚弱与热积病后及产后津枯血少的肠燥便秘患者同样适于服用它。

　　巴马火麻是真正的"天木"，上天赐予我等如此美妙之"木"，善待之，则长寿者数目将由"木"变"林"，由"林"成"森"。

巴马火麻食品

"巴马黄": 玉米在巴马的传奇

说起玉米,我想起了小时候常见到的土法制的爆米花。那是一些手艺人的绝活,他们在一个可以开关的铁筒里放入玉米粒,加入少许白糖,关上盖,架在火上边烧边转动,十来分钟后,把铁筒伸到一个大麻袋里,再用脚一踢开开关,嘭的一声大响,刚才的玉米神奇地开了花。尽管现在看起来一点都不神奇,可这是多少国人的美好回忆呀!这种土口味的爆米花,如今很难吃到了,偶尔见有人到闹市用"土法""嘭"一回,虽然卖得比影城的还贵,竟还吸引了不少年轻人。

到现在,吃玉米的花样多去了,那一家家卖玉米汁、玉米饼的街头小店,店里身影忙碌,店外人头频现,这证明人类与玉米是有"爱情"的。

印第安人是种玉米的老祖宗,7000 年前就让玉米在美洲大地上开花结了子。由于玉米适合旱地种植,西欧殖民者侵入美洲后便将玉米种子带回欧洲,广泛播种,想不到这"小家伙"像陆军特种兵似的适应性超强,什么地方都能拔节而起。16 世纪中期,中国开始引进玉米,这位美洲来客踏上神州大地之后,以顽强的适应能力和备荒救饥的实用品质,迅速在中国南北各地安家落户。清代乾隆、嘉庆年间,玉米得到广泛种植,直到现在,仍是我国北方和西南山区民众的主要粮食之一,看到农家房前屋角挂的一串串玉米棒子,有人道出耐人寻味的一句:"你可以说他们营养不够好,但你不能说他们身体不棒!"

在巴马，玉米是一种能带给我们浪漫想象的植物。

在一块除过杂草、施过肥的玉米地里，玉米生长得非常迅速。玉米秆在白天生长缓慢，到了夜间却飞速生长。在理想的条件下，玉米秆一天大约能长 11.5 厘米。

如果有机会，你可以在玉米的生长高峰期，选一个温暖无风的夜晚坐在玉米地里，把耳朵竖起来可以听到玉米叶舒展时发出的窸窣声，兴许还能听见玉米秆拔节的声音。

在巴马，与其他主食作物相比，玉米的种植面积是最大的，因为，对巴马人来说，玉米棒握在手中就像拿了个金话筒，长寿的话语由此打开。

听说过"巴马黄"吗？它是巴马当地优良品种，又名珍珠黄玉米。它的颜色比一般玉米要黄，颗粒呈圆形，色泽光润，味道清甜，不塞牙缝，富含不饱和脂肪酸，热量较低，食用易消化，有益健康，有益美容。

巴马农民种植玉米时，一般都不施化肥、农药，再加上高山种植，"巴马黄"生长期长，能充分吸收石山土壤里富含的锰、锌等人体需要的微量元素。

"巴马黄"产量不高但名声在外，作为送礼名品，弥足珍贵。

世界五大长寿之乡的主食也均为玉米，由此可见，玉米可能是最好的长寿主食。玉米是粗纤维食物，热量低，纤维粗，能使肠道加速蠕动，

减少便秘,减少毒素的吸收。同时,鲜玉米中所含的大量天然维生素 E 能促进细胞分裂,延缓细胞衰老,降低血清胆固醇,防止皮肤病变,还能减轻动脉硬化和脑功能衰退出现的症状。

在巴马,新鲜玉米面加水煮成粥已成为百岁老人依赖的食品,加上火麻油、山茶油、豆制品及新鲜蔬菜,就构成了他们的主要饮食结构。

人要健康,要做最基本的"三好学生"——吃得好,睡得好,排得好。正常人每天只要能美滋滋地吃下所需的五谷杂粮、水果蔬菜、适量肉类,喝上干净的水,加上其他自然食物,每天排泄正常,就已经能满足身体所需,无需盲目地吃其他的营养补充剂。在此基础上再睡个安稳觉,百病不侵。现在部分食品加工企业过于强调食品的外观、口感,将营养丰富的食物进行化学处理,既破坏了原有成分,又生成了有害物质。

目前,巴马土特产正唱响全国,专卖店开到了北京、上海、重庆、广州等地,优特产品玉米糊、玉米锅巴、珍珠黄玉酥等等受到各地居民的青睐。巴马特色餐馆还陆陆续续地在全国各地开了起来,据各餐馆主营者信息反馈,最负盛名、最受顾客热捧的主食是玉米粥。

早上吃玉米糊,中午吃烤玉米,晚上吃烤玉米加玉米糊。这是在巴马流传的关于长寿老人主食的一种说法。国际自然医学会会长森下敬一赞美巴马是"粥食长寿乡",说巴马的玉米糊是最佳"长寿粥"。

在巴马，我见到一位大胖子游客一口气吃了十碗玉米粥，而且是拌糖、放盐、夹菜交替着吃，吃光的碗排着队放在桌上"示威"着。服务员笑道："你吃那么多，可以活两百岁了。"他回答："那我再吃两碗半，活个二百五。"数学真好！

据说，美国总统奥巴马每周必定要吃上两顿玉米粥，如果他有机会喝上"巴马黄"做成的粥，他会不会说"噢，巴马"呢？

一方水土养一方猪：巴马香猪

"没吃过猪肉，还没见过猪跑？"这是句很有名的俗语。这句话指某些事虽然没有亲身经历过，但至少听说过。事实上，很多人没有见过猪走路，更没见过巴马香猪走路。当然，你可以搭车来巴马看香猪走路，而当饥肠辘辘的你把嘴巴靠近一头烤香猪的耳朵时，你是否在说："让我轻轻地告诉你。"

够创意："留仔配母"

猪这动物其实很可爱，人们形容猪的最大品性就是一句话：记吃不记打。而且，猪本身很神奇，比如，猪吃了大量的断肠草，能增肥还能打虫，人吃了就会中毒身亡。

相传，过去由于巴马的交通闭塞，从外边引进其他猪种很不容易，又有"不借种"的封建思想影响，香猪想要传宗接代，就只能本地猪交配本地猪了。但特别的是，巴马人几百年世代相袭，用"留仔配母"的方法来繁殖香猪，够创意。

多年计划生育宣传的影响，使国人都明白一个道理：近亲结婚产"废物"，但巴马的香猪正相反，"近亲结婚"生"尤物"。"近亲结婚"使巴马香猪有了其他的猪类都无法复制的优点——基因纯合，以至最终"登堂入室"，成了猪中的"名门贵族"。

巴马香猪

惊心: 差点像大熊猫

你知道吗? 我们今天差点吃不上巴马香猪。

那是 1981 年 9 月, 黔桂两省区全国畜禽品种志和品种图谱编委会西南猪种联合调查组来到巴马, 仔细调查后发现, 巴马全县仅存"标准"的巴马香猪母猪 121 头, 纯种资源差点像大熊猫, 濒临灭绝。于是, 巴马香猪保种场火速营建, 将巴马香猪的保护与进一步繁殖提上日程。

到了 2000 年, 巴马香猪被农业部列入《国家级畜禽品种资源保护名录》。在国家政策的支持下, 巴马人亡羊补牢, 用心反省, 一场巴马香猪的多生优生运动在全县铺开。香猪们也非常配合, 八年后, 全县饲养香猪 26 万头。

争香争光：在巴马六畜中最争气

2009年9月25日，这是一个让巴马人民振奋、让巴马香猪兴奋的日子。巴马瑶族自治县在南宁召开新闻发布会，向外界宣布：国家质量监督检验检疫总局根据《地理标志产品保护规定》，通过了对巴马香猪地理标志产品保护申请的审查，批准对巴马香猪实施地理标志产品保护，保护范围为巴马瑶族自治县现辖行政区域。

什么是地理标志产品呢？那是指产自特定地域所具有的质量、声誉或其他特性本质上取决于该产地的自然因素和人文因素，经审核批准以地理名称进行命名的产品。地理标志和商标一样经过有关部门注册认可后就受到法律保护。根据有关规定，凡WTO成员的某类产品一旦获得国家地理标志产品保护，各国都必须对该产品实行保护。

这样，巴马香猪真正成为了巴马专属特产。

巴马香猪小小年纪就为广西争香，为广西争光，在巴马六畜中最争气。但近年巴马香猪深受其他品种猪冒名之害，一直忍气吞声。实行巴马香猪地理标志产品保护后，巴马香猪在生产和流通领域中的以假充真、以次充好等质量欺诈行为得到了一定的遏制。

吃得是福，民间有种说法就是：你想吃什么，那可能你身体就缺什么。这说法未必对，但多吃生态巴马香猪，少吃饲料圈养家猪是对的。到巴马旅游带什么回家才好？如果你家那位是"肉食动物"，建议你腊香猪多带两只。假如路程不远，带个烤的也不错，只怕在大巴车上浓香四溢，别人请你分他半头，你肯不肯呢？

橘逾淮为枳：猪中经典　香猪经典

曾经，中央电视台《聚焦三农》栏目确定要拍一集"香猪片"后，有人提议去拍甘肃、重庆的香猪，说这两个地方的香猪也不错。但最后拍板定下来到巴马，栏目负责人说："巴马是中国香猪之乡，这个地方的香猪不拍，就没有代表性。"

是的，在中国所有的香猪种类中，最有名的还是巴马香猪。它是猪中经典，也是香猪中的经典。

巴马境内的巴马镇、那桃乡、百林乡和燕洞乡是巴马香猪的原产地，在其他乡镇也有零星分布。新中国成立前，这四个乡镇属于百色地区思隆县七里区，故巴马香猪别称"七里香猪"，只是这种叫法现在很少听到了。

一方水土养一方猪，巴马当地人祖祖辈辈养香猪，养殖史距今至少有三四百年。受地理位置、自然环境、民间习俗等因素影响，巴马香猪形成了今天不同于其他香猪的独特品种。

有一些省份也来巴马引进过香猪品种，像河北、河南、山东、北京、吉林、黑龙江等地。但外嫁后再生育的香猪已不再正宗了，由于自然环境不同，这些异地养殖的"巴马香猪"肉质很密实，肥肉多了不少，皮也厚了不少，巴马原产香猪那说不清的鲜、道不尽的香基本没了。

看来，吸纳了巴马山水之灵气的巴马香猪，有一颗"我的巴马心"，若引入他乡，哪怕是一山一水之隔，也难保持其原有的风味。"橘逾淮为枳"，正属此理。

世界上体型最小的猪种：赞美之词一箩一串

巴马香猪和常见家猪相比，好比广西德保矮马身边站着蒙古大马。

世界上娇小的动物很多，但不一定玲珑可爱，而巴马香猪娇小玲珑兼可爱，说得夸张些，如果它不在猪栏里打滚却在草地、沙滩上"散步"，你会抢着把它抱入怀中。

须知在古时，最有口福也最会吃的就是皇帝了，而巴马香猪肉质细嫩、骨细皮酥、脂肪洁白，食之甚感鲜香，正合皇上胃口，早在宋朝就成了宫廷的贡品，是面过圣的精灵啊。明清时，它还漂洋过海远销南洋。巴马香猪烹调时，就算不添加任何佐料也会香气扑鼻，"一家煮肉四邻香，七里之遥闻其味"，那是一种久违的肉香。我的朋友中有人还吃出它的别味：胜似山珍野味 —— 果子狸；还有海归人士吃了西餐十年后第一次吃到巴马香猪，感动得热泪盈眶，不是我吹牛。

更为独特的是，巴马香猪还含有丰富的不饱和脂肪酸，这种特殊物质能预防血栓形成，对预防心血管疾病有独特功效。这是一般家猪肉所没有的药理性，所以，巴马香猪非常适宜制作成长寿食品。

人们说起香猪，赞美之词一箩一串。

巴马香猪日升而出，日落而归，多为野外放养，群体自由觅食，以菜、叶、根、果为"正餐","饮料"是山泉水。巴马当地人习惯唤它"冬瓜猪"、"芭蕉猪"或"两头乌"。1982年,它被载入《广西家畜家禽品种志》,正式命名为"巴马香猪"。

巴马香猪是世界上体型最小的猪种,也是全国香猪品种中的珍品。有人对巴马香猪小型基因进行提取,培育出迷你猪成为家庭宠物,在一些城市的宠物店里,已经发现其踪影,甚至已经有大街上遛猪而非遛狗的报道,新鲜吧。

怦然心动: 怎样吃最"爽"?

在食谱中,我们对"拼盘"不陌生,最熟悉的就是那个不咸不淡、不痛不痒的卤水拼盘,说不出有什么感觉。但是,香猪拼盘就不同了,只看一眼,先上两箱啤酒的心都有。在巴马,这是最"爽"的一种吃法。在一个大盘子里,白切的、烤的、焖的都有,还有紫黑色的血肠、脆脆的细骨,还有一截截香猪的小肠。色泽迷人,摆法迷人,吃法迷人。哇,不得了!那厨师好像个个都学过画画、做过设计似的。

另一种特别的吃法亦有典故。据说在清代,寿星蓝祥家里来了朝廷官员,家人一时不知如何招待为好。这时,寿星第五代玄孙女刚好送来一块半肥瘦的香猪"五花腩",于是,家人将"五花腩"整块煮熟,切成薄片,做成白切肉。另外再制作了盐茜香、十辣香、狗肉香、鸡肉香、椿芽香、盐水蘸六味味碟供官员点蘸,没想到,这位朝廷官员大饱口福,连连叫好。

这道菜,就叫"一肉六香"。

此外，还有其他很"爽"的吃法——

现烤：在巴马的农贸市场、一些饭店的厨房，还有百魔洞景区外，我都见到过富于表演性的现烤香猪。这种用炭火烤出的香猪，卖相十足，光看那黄澄澄的外表，就让人精神抖擞，腮帮生津。在没有微风传送的情况下，那香气会像突然打开的空调房的冷气，直向外逼，一秒钟之内就打动了你的嗅觉。当牙齿与舌头刚与那"外焦里嫩"接上头时，上下牙床会加快咬合速度，而舌头则像开动了马达的传输带，急速往喉头卷送。巴马香猪在烤制时因皮薄而易裂，不少食客就特别喜爱这种"裂"，觉得纹理富于层次感，悦眼也悦口。一般来说，食客们会安静地手捧纸碟等着香猪出炉，到时你吃一块，我吃半碟，或干脆坐满一台，点上青菜、素汤、啤酒、当地米酒，迎接那怦然心动的烤全猪宴。

火锅：生鲜的香猪肉直接下火锅，肉很香，非常脆口。那种二指宽的，皮、肥、瘦三位一体的最好吃，能一口吃出三种肉感。此吃法不上火，两广人说"不热气"。

腊香猪：有一种不同于其他腊肉的香气，是一种清香，气味足但不浓烈，像一个会喷洒香水的优雅少妇走过，香气适度。但由于很多朋友不知道烹调的要领，好端端的一块腊肉因烹饪得不到位，就简单地认为香猪徒有虚名，冤枉了它。我告诉大家一个好方法：首先要记住，腊香猪千万不能直接蒸，因为香猪的肉很嫩，一入蒸锅，高温一逼，油就出来了，风味大失。应是先割下一大块，在沸水中煮7—8分钟后捞起放凉，然后把肉切成薄片，可以直接蘸味碟吃，也可和青椒、芥蓝等配菜炒，烫火锅也行。一头 10 公斤的活香猪，加工成剔骨腊香猪后，重量仅有 3.5 公斤左右。目前腊香猪肉市面已卖到 160 —180 元 / 公斤。

留点神： "两头黑"

有人不喜欢深加工的腊香猪，想在巴马买一两头活香猪回家尝尝，但乐滋滋地跑农贸市场一问，不是说卖完了，就是说没有货。咋回事呢？

究其因，首先跟当地习俗有关。一直以来，当地人养香猪，照顾自己口福列第一位，填饱肚，抹抹嘴，再考虑是否用于礼尚往来。其次，现在香猪数量较以前多了不少，农户在自己消化掉一部分香猪后，要把剩余的香猪卖掉，换些钱花花，但不是拿到农贸市场去卖，而是卖给巴马的香猪深加工工厂。所以，你在巴马农贸市场上看到的活香猪，数量并不多。我在巴马农贸市场曾经买过香猪，经验是：要有当地懂门熟路的人带，也要起得早，最好逢圩日。

千万要记住，购买巴马活香猪得睁开眼留个神。"两头黑"是巴马香猪最明显的标记，真正的巴马香猪上盘后能看到头部、屁股发乌的痕迹。而环江香猪，则全身黑毛。尽管猪不可貌相，但花了银子，就得以貌取猪了。

正宗巴马油鱼：
看你鼻子是否属"狗"，嘴巴带不带"钩"

是油鱼，不是鱿鱼。"炒鱿鱼"不好，煎油鱼太棒了！

油鱼，被称为"水下人参"，比"泥中人参"泥鳅还要鲜美。即使是到了香港美食大家蔡澜嘴里，到了美食主义者沈宏非舌头下，也无任何挑剔之言。油鱼入锅不用放油，因为它虽然身材苗条，实质却是脑满肠肥的料，文火煎两三分钟，油鱼自行出油，用一般铁锅煎也不会粘锅。举箸夹鱼，轻盈入嘴，油而不腻、鲜嫩甘美、鳞皮爽脆、骨细如丝。在巴马，有"一家煎油鱼，十家闻鱼香"的说法。中医认为，小小油鱼是个大宝贝，能补腰、补肾、补气。想想，动动牙齿，享受享受美味就能滋阴养颜，快活吧！

去甲篆乡一带旅游的客人，都会慕名寻找巴马油鱼品尝，有"不尝巴马油鱼，不算到过甲篆"之说。但吃不吃得到真要看你的运气，看你鼻子是否属"狗"，嘴巴带不带"钩"了。

巴马油鱼学名巴马穗唇鲃，生活在巴马瑶族自治县甲篆乡坡月村百魔洞到巴马镇练乡村这一段 10 多公里的盘阳河里。油鱼团队观念很强，最喜欢过集体生活。早就有人准确地描述这小精灵的"行头"：青额绿头、黑背白肚、小巧玲珑，身长 10 — 15 厘米。但是，口袋有钱牙齿就能咬到巴马油鱼吗？不一定。原因是，这段河里的巴马油鱼日捕获量只有 5 — 10 公斤，少之又少。从古至今，巴马油鱼一直是自然繁殖，本来产量就不高，而近年来食客大增、捕客大增，正宗的巴马油鱼上桌率便日益偏低。

20 世纪五六十年代，当地居民到盘阳河洗脚、洗菜，河里的油鱼就游过来，边啃菜叶边啃脚，这种人与鱼之间的交流很逗趣，只可惜，这一现象如今只在记忆中才有了。

仅仅巴马产油鱼吗？不！盘阳河下游的都安、大化两县的红水河里也产，那里的河水要湍急得多。是不是盘阳河水流动"斯文"，故产小油鱼，而红水河水流动"粗犷"，故产大油鱼呢？巴马油鱼

个头比较小巧，都安、
大化的油鱼个头比
较壮硕，有的身长超
过20厘米，大一倍。那么，
巴马油鱼会更加脆口、更加细
嫩、更加鲜美？有点偏心，我会说：
是！不一定是水泊梁山那种大鱼大肉才大
快朵颐喔。

甲篆乡有位60多岁的渔民，下河捕鱼的历史
长达半个世纪。50多年前，他打一天油鱼收获七八
公斤，这些年打一天油鱼有0.5公斤收获就不错了。
20世纪70年代以前，每公斤巴马油鱼卖0.8元，在当地可换得40个鸡
蛋。80年代以后，巴马油鱼的市场价逐年上升。由于巴马油鱼身价的变
化，加上吃客太多，即便油鱼数量日益减少，还是促使更多的人去捕捞。
不仅仅是逆反心理作怪，事实上，油鱼太好吃，在口福面前，油鱼穿肠过，
神仙也难把持得住。

30多年前，巴马人喜欢用鱼笼抓油鱼，这玩意儿一头大一头小，圆口，
像个冰激凌蛋筒型大漏斗，如果油鱼懵懂间闯入鱼笼，底部编织密实的
竹网就会让它们有进无出。渔民见巴马油鱼喜欢逆流而行，就逆流而装
鱼笼，一只只排成一线。油鱼急流击水，成排钻笼，啪啪作响，渔民似
乎就此闻到了晚饭的下酒菜的香味，喜由心生。现在，捕鱼技术相对先进，
当地居民改用渔网捕鱼，网长有几十米甚至上百米，宽度不定，高度有
四五米。油鱼闯进这样的"大魔掌"后，更难以逃掉了。

唉，渔网恢恢，疏而不漏，难为这小精灵了。

早在1980年，广西科技厅就设立了"人工繁殖巴马油鱼"的科研项目，
当时，政府拨款8万元"以资鼓励"。但科研人员反复劳心劳力后，"功
夫终负有心人"，很遗憾，未能获得成功。到了20世纪90年代，此项目

的接力棒传到了广西水产研究所科研人员手上，他们干脆把巴马油鱼样品送到农业部进行繁殖试验，也很可惜，全国最给力的水产研究力量也没有撼动"巴马油鱼心"。

的确，这是种非常热爱自己家乡的小精灵，离开了盘阳河的矿泉水，它们没有了传宗接代的念头。而有性格的油鱼们即便不离开家乡，也桀骜不驯，难以人工繁殖。你开发你的，我乐呵我的，才不管你休闲渔业发不发展。

退一万步说，哪怕人工繁殖成功，我想，野生的与人工养殖的油鱼两者口感一定会相差很大，好比野鸡或土鸡与饲料鸡，一方是"重量级"，另一方是"轻量级"，怎能安排在同一擂台上比武呢？

巴马油鱼的产卵期在每年的2月到4月，这段时间禁止捕鱼，违者重罚。巴马水产畜牧兽医局还采取分段管理的方法保护油鱼，设立专人管理捕捞，严禁炸鱼、电鱼、毒鱼，只可撒网捕鱼。

喔，对了，杀油鱼没有杀其他河鱼那样啰唆。当地厨师用锋利的小刀刀尖轻轻划破鱼肚，取出鱼胆即可，鱼鳃可去掉，也可不摘掉。巴马油鱼很干净，不碍事。煎油鱼时，根本不用加食用油，加了还影响原味，也不用放葱、蒜、姜等佐料，洒点食盐，够味儿就行。虽然制作方法简单，但当地人煎油鱼很有艺术感觉，先整整齐齐地在锅里把油鱼排好队，文火，一会儿油鱼便会出油。第一面鳞皮慢慢变成黄色后，再"集体翻身"煎第二面，急不得，这倒是比平时的慢火煎鱼还要讲些耐心和技巧。

嘴在外，脑命有所不受，对于"嘴刁"者而言，尤其如此。至于油鱼，人们或许还没有达到"拼死吃河豚"的境界，但"嘴刁"的年龄没有吃过油鱼，好比动情的年龄没有谈过恋爱，不免有些可惜。

巴马山茶油:
"脾气"很好的"东方橄榄油"

看了一则"南京男子被盘查时自称'蒋英羽'民警急忙讲英语"的新闻之后,笔者扑哧一笑,想起了 20 多年前认识的一位刻章的朋友。这位朋友姓查名由,和查良镛(金庸)同一个姓。因为拥有了这个有点韵味的名字,他到哪总被起两个花名:"油渣"和"茶油"。可不管别人怎么叫,好脾气的他都笑脸相迎,有时还提醒一句:"我的'由'没有掺水呢。"

巴马的山茶油,同样是"脾气"很好的油,同样也不掺水。说它"脾气"好,是因为我们的身体很喜欢与它亲近。

通过物理方法榨出的巴马山茶油不含芥酸、胆固醇、黄曲霉素和其他添加剂,是身体真正喜欢的纯天然绿色食用油。

身体还喜欢山茶油的易于消化吸收。经测试:山茶油中不饱和脂肪酸高达 90% 以上,油酸达 80%—83%,亚油酸达 7%—13%,并富含蛋白质和维生素,尤其是它所含的丰富的亚麻酸是人体必需而又不能自身合成的。山茶油所含的绝大部分营养易于人体组织快速吸收利用。

山茶油可以帮助身体抗氧化。山茶油为典型的油酸、亚油酸类油脂,较强的抗氧化性是此类不饱和脂肪酸的共性,并且山茶油所富含的维生素 E 是公认的强抗氧化剂。

山茶油还可以帮助身体降血脂。它能够清除附着在血管内壁上的脂肪和胆固醇,疏通毛细血管和动脉血管,增大血管输血截面,软化滋润血管,使血管保持年轻态。

油茶花

说它不掺水,是因为巴马有句独有的谚语:"油中掺了水,可见一条心。"

巴马的山茶油从不掺水。在当地人的观念里,做亏心买卖无疑相当于四川人说的"脑壳进水"。这可以从巴马民间流传的故事里体会一番:从前,有两个人合伙做山茶油生意,一个主张将买到手的山茶油兑水后再卖,另一个坚决反对。为说服合伙人,反对兑水者在一天做晚饭时,拿出半瓶山茶油,当着主张兑水者的面掺入清水,把瓶子罐满。这时,透明的瓶子内立刻呈现油水分明的景象。在油与水之间,有一条明显的线条,线条之上是油,线条之下是水。然后,反对兑水者对合伙人说:"这不是一条简单的线,而是这瓶油水里的一条心啊!"合伙人听了,深感惭愧,再不主张山茶油兑水了。

在我国南方很多地方都出产山茶油,但人们似乎对巴马的山茶油有点偏心。也许,巴马良好的原生态赋予巴马山茶油更"野"的本质,再加上巴马人诚信的本色,旅行者离开巴马前大桶大瓶地购买也就成了顺理成章之事。油茶树有开红花、白花两种。

油茶林

油茶籽

巴马的油茶树多见开白花，但你大可放心，巴马的山茶油绝对不会让你的银子"白花"。

巴马产山茶油，巴马人喜食山茶油。都说近墨者黑而近山茶油者健，山茶油成了巴马男女老少的"福神"。它以其独特的成分优势为巴马的长寿奇迹出一份力。巴马山茶油的物理、化学特性与橄榄油极为相似，这两种油的不皂化物含量都很少，相对易于人体吸收。山茶油与橄榄油、花生油、菜籽油、猪油相比，油酸含量最高。山茶油还含有橄榄油所没有的茶多酚和山茶甙。

巴马山茶籽的出油率较高，100公斤山茶籽最高可以榨出30多公斤的油。以前，山茶籽榨油后剩下的茶麸是民间的洗衣粉或者洗发水。现在，你可以如此设想，到了巴马，你先用茶麸洗洗飘飘长发，趁头发风干之际，再用茶麸洗一洗你的衣物，然后将它们挂在农家的竹竿上晾晒，最后坐下来，美美地享受用巴马山茶油烹饪的农家菜 —— 过程很土，但土得很优雅。

巴马山茶油

当"驴"当"羊"都快活

游巴马,你可以邀请"驴友"结伴行走,也可以当一头"倔驴"一意孤行地往前冲。当然,在没有导游的情况下你得预先做好功课,不然,你只能像只小毛驴,像被布蒙住双眼、嘴前挂着胡萝卜的小可爱那样,想象前方有好景,却不知情地一直围着石磨转悠。你也可以由导游领着你,像头羊领着羊群一样游走。

不管如何游玩,当"驴"也好,做"羊"也罢,在巴马,在这个地球上最舒服的长寿养生之地,"舒服"成了"舒坦"—— 身体舒服,精神坦然。特别是当"驴",会更加舒坦,缘于"驴"是有"户口"的"马",你会有把户口迁到巴马的冲动。

2009 年,我曾在离百魔洞最近的坡月村住过一家小旅店。小小的旅店,房间也不大,但设备还算齐全,有热水器、席梦思和电视机。每人每天 50 元就可以管住管吃了。

房间的窗口正对着盘阳河,人在屋里变着角度望出,古朴的杉木窗框就成了画框,画框里也有了不同的画。河水清澈见底,像飘带似的轻轻扭摆着身腰,蜿蜒流过,哗哗的流水声就像一支古老的歌,永不停息。来之前,我有些心事烦扰,一直睡眠不好,但到了巴马,有了盘阳河的水声做伴,躺在床上就会感到平静而悠远,呼吸变得绵长,思绪也会随着河水的呼唤飘入梦乡。

每天,我都沿着河水散步,碧绿的河水和岸边的青竹相映,河里不时飘着一叶小舟,一位老人在慢条斯理地收网。我常见到这位老人,但从来没看到过大鱼入网,他每日的收获只是一些三五寸长的小鱼。谁也说不清他陪伴这河水有多少个日日夜夜,他似乎早已习惯这日出而作、日落而息的生活,从不抱怨也从不奢望更多。他是不是百岁老人不得而知,但我相信他那闲适的生活会像这盘阳河水一样长长久久。

在巴马的这些日子用游山玩水、"游手好闲"来形容真是再贴切不过了。天气好时我就去户外转山转水,这个洞那条溪,东钻西窜。碰到下雨天就在屋里发呆。我没有什么既定的旅游目标,只是想在这大山里、小溪边,享受一下自由而新鲜的山野气息。

走在田间的小路上,脚步轻盈,心情舒畅,无需理会小路会将我们引向何方,寻求的只是一种人在自然中的轻松和洒脱。山野中没有斑马线,没有红绿灯,有路可以随便走,无路也可以任意行。山上的植被很好,远比公园里那些精心修饰过的花草看起来更加美丽。偶尔会有小松鼠或野山鸡跳出来给我一个惊喜。远山上不时传来忽高忽低的清脆的铃声,原来对面山上还有一群山羊在和我做伴。见到田里耕种的老农,只要招招手,他们就会回报一个憨厚的微笑。渴了有甘泉供饮,累了有山岩赐座,热了有轻风送爽,闷了有林鸟取悦。

在巴马这地方,我就是一支写意国画的毛笔,在地上走,在水中游,在洞里钻,不论怎么皴擦描勾勒,"笔韵"与"墨色"都是那么的轻松。我不知自己"画"的是什么,但回来看照片时,才发觉自己周游列国那么多地方,只有在巴马照相时不太讲究摆 pose,即便是有几张"到此一游"的纪念照,竟也"自然"得玉树临风,不由得多夸自己一句。

巴马"命河":在看"命"中认"命"

广西有很多河流,左江、右江、漓江、西江、红水河……这些流动的精灵,人们从小就在历史、地理课本里念过,外地人随口都能"淌"出几条河来。但说到巴马的"命"字河 —— 命河,即使是广西人,知道的也只占少数,见过的就更不多了。

我也是到了 2010 年 3 月才得以见到它的真面目。

3 月的一天,开车离开巴马县城,在浏阳河般弯曲的山路上行进,不久,天空由最先的淡蓝变成湛蓝,云朵从灰白渐成绵白,也不知道这一路拐过了多少道弯口,翻过了多少个山头。在行车途中,那句"事物都是在螺旋式上升,波浪式前进"的哲学名言从我脑海里突然串了出来 —— 螺旋式上升是感觉到了,可惜呀,路是柏油路,挺好走,没有任何波浪式前进。

不到一个小时,命河景点到了,那是设在路边的两个凉亭加一排水泥护栏的观景台。

我急忙下车,习惯地掏出佳能 G9,心想,不知这身经百战的小机器能不能帮我捕捉到期望中的光与影。

倚栏俯视,快门定格,此时此刻"噢,巴马"是有意说的,而"啊,我的命",却在无意间脱口而出。

笔者

笔者与朋友在命河景点

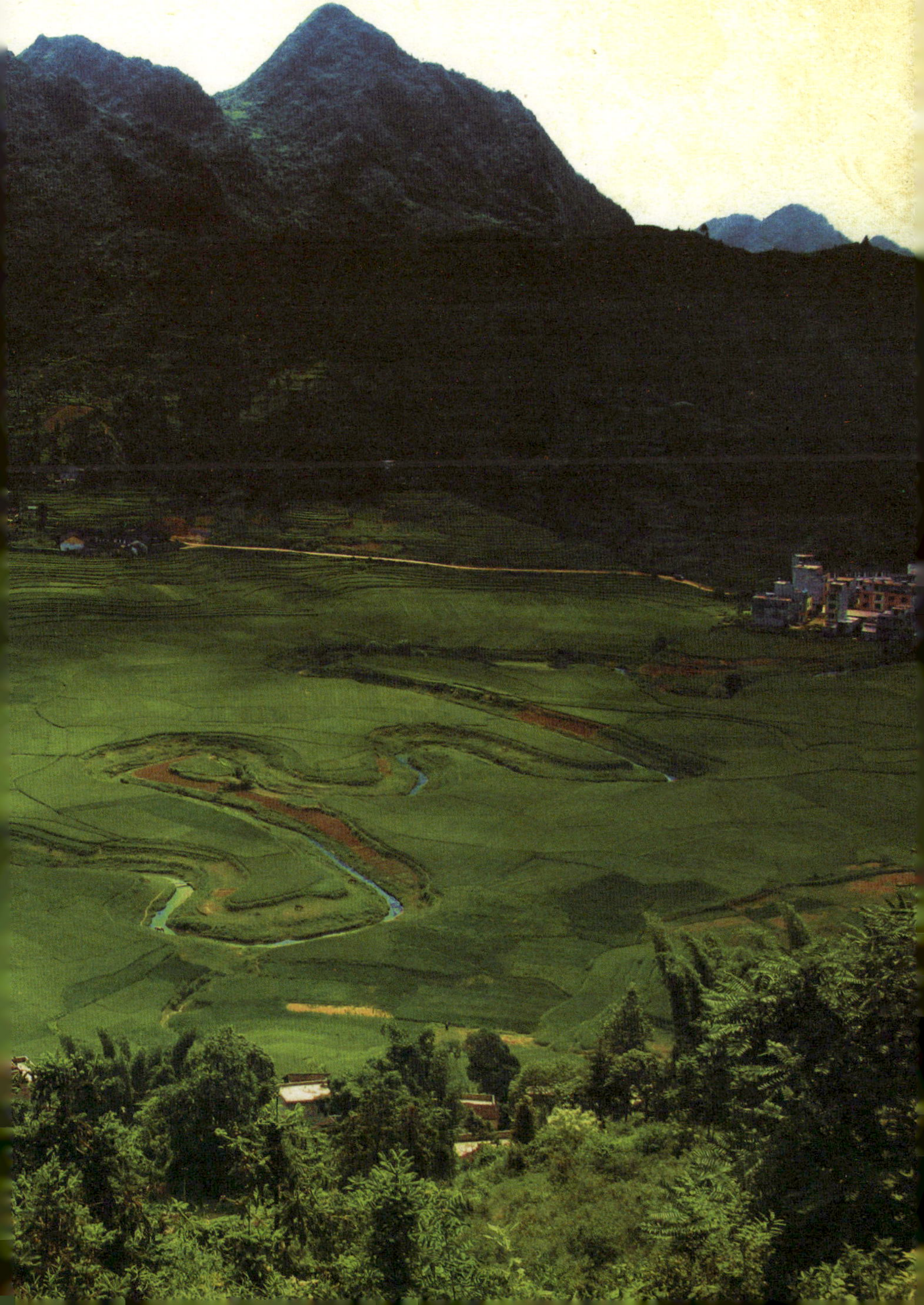

　　那是一条怎样的河流啊？我有点被震住了，要知道，身处泰山极顶、华山峭壁我都没喊过"啊"。

　　命河青碧如玉带，飘飘忽忽，曲曲折折在田垌间泛着光，天然形成一个草书的"命"字，在大地上转折顿挫，似乎用的是怀素、张旭合二为一的笔法，信手而成。着着实实的鬼斧神工，多大的"命"字啊，多长的"命"，巴马的"命"真大！

　　如果此刻的想象力足够大，你可以想象自己驾驭着一种马力强劲的飞行器，用一支很大很长的毛笔，一边飞，一边沾着河水，在大地上写下你心中的"命"。

　　命河，在寿乡巴马这世界人瑞之地以"命"字形式出现，是纯属巧合还是上天对巴马特别的恩赐？

　　来到命河看大"命"，是否能在冥冥中换来自身"命大"的好福气，我不由得双手合十，求拜数下。这时，我发现这"命"字的上半部分又

像是个"富"字 —— 或许，长命百岁是人生的最大财富吧！

在看命中认命吧，我们曾屡屡坚定而错误地认为"人定胜天"，以致屡屡受到大自然毫不留情的惩罚。学乖些，还是"人定顺天"为妙！

"命中若有终须有，命里无时莫强求；命若穷，掘着黄金化作铜；命若富，拾着白纸变成布。"这句古语听起来有点宿命，但能悟到家却很"要命"。

听朋友说，命河从一个叫福源洞的洞口汩汩而出，流经巴马那社乡，是寿乡母亲河 —— 盘阳河的源头之一，当地人称做"长命河"、"命水"，是巴马的吉祥标志，在当地人的心目中有着至高无上的地位。命河两岸寿星很多，他们像命河一样，爱把长长的"命"、大大的"命"留在田地里，留在有山有水的天地间。

我还了解到，"那社"为壮语，意为水淹的田，遍布壮族各地的冠以"那"字的地名，大者有县名、乡（镇）名，小者有圩场、村庄、田峒、田块名，

形成了特有的地域性地名文化景观，构成了珠江流域特有的一种文化形态。而从华南到东南亚"那"地名分布的广大地域，则形成了"那"文化圈，具有深层的文化内涵。壮族及其先民在长期的历史发展过程中，形成了一个据"那"而作，凭"那"而居，赖"那"而食，靠"那"而穿，依"那"而乐，以"那"为本的生产生活模式。

在壮族司机的热情邀请下，晚饭安排在那社乡那乙村他的家里，吃香猪，喝玉米酒。这是一次难忘的晚餐，一数人数，13 人，谁都不是"犹大"，但我出卖了自己的食相。

我还发现了一件奇怪的事 —— 巴马的狗见到陌生人都不叫。也许，在长寿之地的它们也学会了认命 —— 认识到心平气和才能长命吧。

回到南宁不久，一位做导游的朋友带着一刀三尺的河池都安宣纸找到我，让我对着命河的照片用毛笔临摹"命"字。他说："我要送给我的香港客人。"我问："客人在景点不是拍了照片吗？为什么还要写呢？"朋友回答："上次我写过，写得不好，但他们已经很喜欢了，我想把巴马的神奇介绍出去，让他们多介绍些朋友来。"

"你知道吗？香港的黄大仙（庙）是算命准，巴马是命水好，我想人家是这样认为的。"朋友说。

赐福湖：巴马中的巴马

赐福湖具备了巴马地区所有的养生条件

原以为"赐福"一名是新起的名字，一问才知道此名古已有之。我在公路边的"赐福"路牌停下留影，看着一辆辆专程来游览的外地车优哉游哉地驶过，幻想着福气源源不断地从天而降。我心想，是否先人先贤有先知先觉，将此地美名曰"赐福"，认定此地就是上天赐予人类的有福之地。

赐福湖位于巴马县城东北部，距县城4公里，是红水河岩滩水电站封坝后自然形成的人工湖。湖长4000多米，最宽处400余米，湖面总面积20多万平方千米，在狭长的湖面上，矗立着100多座未被淹没的山头，于是，那星罗棋布的岛屿一年年地安静"打坐"，像一位位仙人在默默地念着长寿经，祈祷老天爷永远有风调雨顺的赐福。

我的朋友约我去拜访一位106岁的瑶族老人，老人依湖而居，独门独户。巴马县委宣传部的朋友告诉我，瑶族住在水边的真不多见。我一下子来了兴趣，心里开始惦念着老人家在长寿方面的"独门绝技"。

从事旅游业的人爱把这里说成是"广西的泸沽湖"、"瑶山西湖"。但我的朋友更乐意把这里说成是"巴马中的巴马"。

笔者在"赐福"牌下

賜福湖

賜福湖湖边小景

　　这种说法,类似汤水店叫做"缸中缸",是爱得入心入脑入肺的表现之一。

　　沿湖开路,我们走走停停,停停走走,但见赐福湖水面宽阔,水平如镜,水湾幽深,令人身心舒展。四周水绕峰回,崩崖绝壁,孤峰倩影,翠竹古榕。清风徐来,缕缕花香,沁人心肺。不时有水鸟从水面掠过,一圈圈的水波纹撩拨出诗意词绪。苍松翠竹间,若隐若现几间粉白的民房,让人恍若误入仙乡梦境。

　　人在此境,宠辱皆忘。我想,范仲淹若到此地,一定文思如泉涌,写下一篇类似《岳阳楼记》的《赐福湖记》也不是不可能。

　　我倒愿做个懒人,没有什么诗兴,面对好景,连一丁点儿想法也不想有。就这样在湖边懒洋洋地享受这里的空气,想象着自己变成一片落叶,随风飘到水面上,仰浮着,再充分地享受这里的阳光。

　　的确,这里的空气非常好。赐福湖空气中的负氧离子平均含量高达40000个/立方厘米,不仅仅远远高于国内一般城市的 1000 — 2000 个/立方厘米的含量,还高于巴马空气中的平均 20000 个/立方厘米的负氧离子含量。

　　这里的水非常洁净,而且,在远红外线、磁场的双重作用下,赐福湖的水呈现小分子团的活性水状态。

　　这里的地磁强度也高,达 0.5 — 0.6 高斯。

　　可以说,赐福湖具备了巴马地区所有的养生条件。

　　特别值得一提的是赐福共和屯特有的石头。经专家的检测,这里石头的能量几乎达到 6000 单位,有着很好的放射能。我特地捡了两块巴掌大的拿回家,摆在书桌左上角和右上角,算是左青龙、右白虎,让石头发出的能量补补长期"开夜车"的我。要知道,人体衰老的过程是一个能量流失的过程,及时补充能量,对养生很有好处。森下敬一说:"利用巴马当地土壤夯制造砖建房,使富含微量元素的土壤能够长年累月地释放对人体有益的放射能,吸收这些自然能的人们将在不知不觉中延年益寿。"而赐福湖地区恰恰又是巴马百岁老人最多的地方。

我的朋友告诉我,这里的开发商打算在建造房子的时候,抛弃原来设定的建筑材料,比如红砖或水泥砖,而就地采用该地的泥土和石头,应用现代技术做成建筑材料。这样,既保持现代建筑风格,又可以达到养生的效果。

赐福湖边有能量的神奇石头,对人体很有好处。

不久前,我还带了一块共和屯养生石头回家,那是一块硬度很低的易碎的方解石。将它刻上"赐福"二字,摆在书架上,每天看几眼,舒服!我要的是一种良好的心理暗示。

赐福湖畔 "睡美人"

将要到达 106 岁老人家的家之前,我们在赐福湖畔,仔细地打量远处一座高大的山峰,巴马的同行说:"像不像个睡美人?这个美人比百岁老人还长寿,多少岁都不清楚了。"其实,不用提示,一眼看过去就很像。

"睡美人"安详而平静地躺在赐福湖畔,满头秀发散入湖中。若趁着日落细细观赏,那柔和的剪影使得你不由自主地举起相机。她的眼皮似在微动,眉毛依稀可见,鼻子、嘴巴小巧玲珑,颈脖修长,乳房高耸,身材苗条,大腿隐隐可见。我宁愿把"她"想象成一位现代美人,而非弱不禁风的林黛玉,关键在于,我喜欢丰满的女子,因为,我更期待睡美人能在梦醒时分慵懒地伸个懒腰,在肉感与骨感的交叠时,性感从视觉的缝隙中偷偷溜出。

传说,"睡美人"原是皇母娘娘瑶池中的一位仙女,有一天她走出瑶池来到巴马的上空,突然,特别清澈的盘阳河映入了她的双眸,河水忽明忽暗地在崇山峻岭间穿梭,像一条长长的绿丝带向东边绵延。她觉

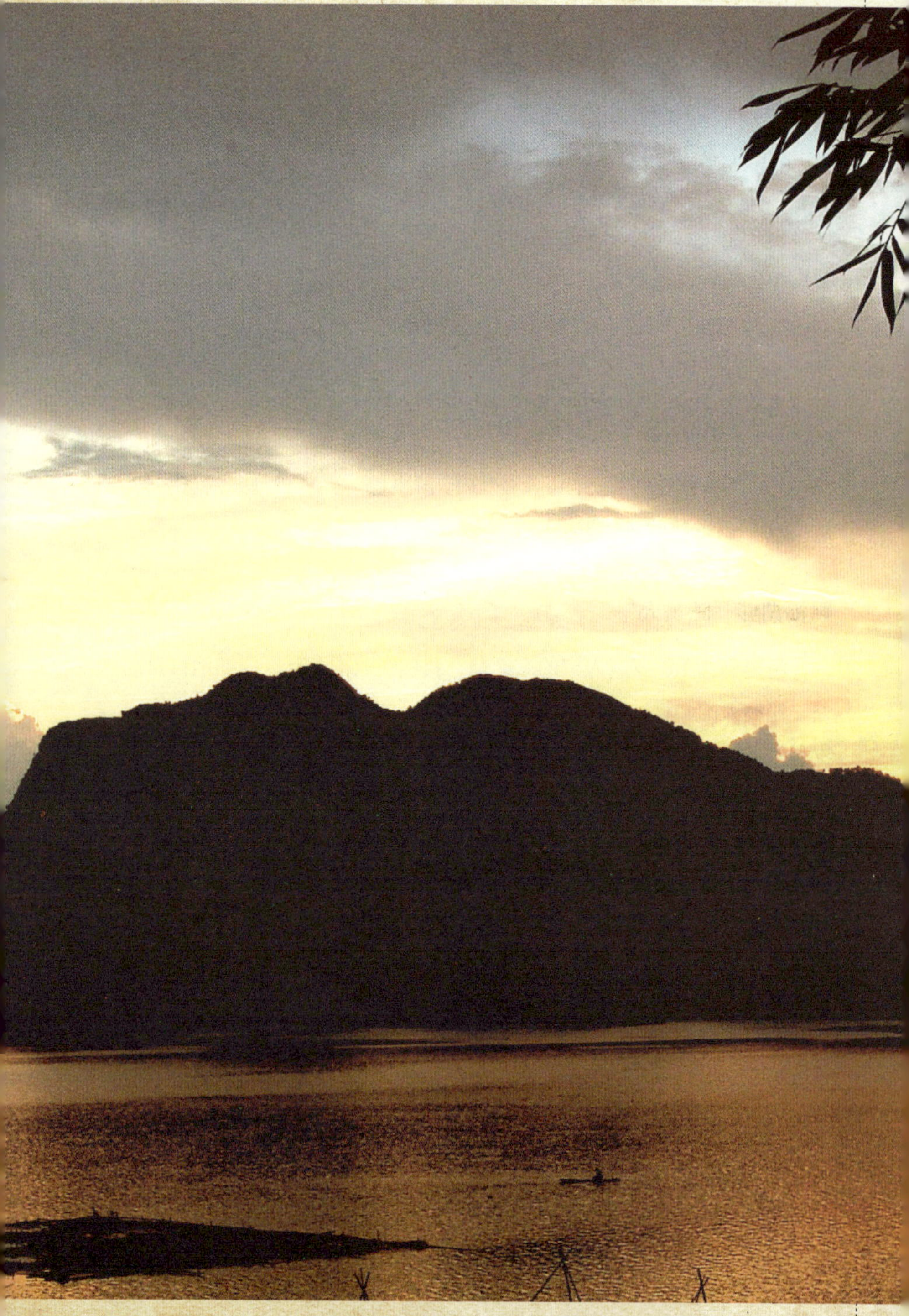

赐福湖睡美人

得太有趣了，飞身下凡，洁净无比的河水惹得她把头发散开，浸泡其中，任由它飘荡。太惬意了，她干脆躺在这里睡着了，不知不觉中，一睡就是几万年，直到现在还没醒过来。后来，盘阳河中长出一层层绿油油的丝条水草，老人们都说，那是仙女的头发丝变成的。许多人把"美女丝"捞上来，喂猪喂鸭，人们吃了用"美女丝"养肥的猪肉、鸡肉、鸭肉，喝了"美女丝"浸泡过的水，养育出来的女儿们都像天仙一样漂亮。事实上，这一带出了许多美人，纯朴与机灵并在，娶到手则是男人一生的福气。

赐福湖边的百岁老人

终于到了寿星家，刚欣赏完"睡美人"，再拜访百岁老人，这样的反差令我哑然一笑。

这位长期生活在赐福湖畔的 106 岁老人名叫杨卜发。老人很精神，除了听力不太好，其他器官都相当为他争气。和他生活在一起的是他的

杨卜发老人与儿子、儿媳　　　　106 岁的老人杨卜发（夏天采访）

二儿子杨仁辉、二儿媳黄凤英，两人都 70 多岁。我摆个景，要老人一边剥老玉米一边接受我采访，以为玉米是他们一家的口粮，脑子里同时跳出巴马有名的"一日三餐玉米粥"的故事。他却说，这是用来喂猪的——又令我哑然一笑。

儿子说，老人长年抽烟、喝酒，一日三餐都要有酒，一天能喝一斤半土酒。老人对子女管教很严，自己小时候若不去读书肯定被打。老人打起孩子"不要命"，不听话一个"五眼果"（拳头敲门状）就打在脑袋上。

儿媳说，老人五代同堂，小儿子的女儿已经做外婆了。老人几乎不生病，最多是拉拉肚子。老人和其他百岁老人有些不同，主要吃米饭，也吃玉米，爱吃青菜。自己洗脸洗身，不洗衣服，头发时不时请人理。

老人抽烟很凶。一支很大的雪茄我舍不得抽，给了老人，他一口气能抽完，用时半个小时。而我肯定要分三次，而且一日内才能抽完。我做过游泳运动员，肺活量应该不小，但和老人相比，真有点"搞不过他"——再次令我哑然一笑。

106 岁的老人杨卜发（冬天采访）

　　面对老人，我三次"哑然一笑"，回到南宁以后我常常想起此次采访，觉得甚为有趣。我小时候看过香港著名影片《三笑》，陈思思三次吃吃地笑，甚美。但我想，以后要拍"男版"的话，主角请我算了。

　　要走的时候，老人通过他儿子叮嘱我"下次来记得带照片给我"！

　　而在 2011 年年底，当我准备再次约老人摆那个"玉米景"时，我见到了杨卜发的儿媳。在把照片交到她手上那一瞬间，她突然抬起头，眼泪涔涔地说："老头三个月前死了，没有病，说走就走了。"我听后一阵惊心，天啊，尽管我知道这是"白喜"，但脑海里老人的笑容不停泛出，令我更感悲伤。

赐福湖现"龟联璧合"奇观

　　说到赐福湖，我还得说说长寿王国的神灵 —— 龟。不过，不是你汤里的那个。

　　如果说赐福湖惊现一只"神龟"，也许很多人都不相信，但这却是真有其事！

　　这只"神龟"位于赐福湖西南畔，是一座被碧绿湖水怀抱的青山，其形其神，极似一只凫于绿水中的巨龟。

　　说其神，是因为它的出现有着十分神奇的色彩。赐福湖是岩滩水电站库区经过 20 年的蓄水日积月累而成。据当地人说，这座青山原本和附近其他山一样，只是一座极其普通而略高的土岭而已，随着赐福湖水位不断升高，有一天人们突然惊奇地发现，这座高岭被湖水漫至半山腰后，竟魔术般地变成了一只庞然巨龟！略为椭圆的山形，四周向山顶渐次隆起，犹如壮硕的龟背；山上葱郁的植被，恰似黛色的龟甲；山北向水一方高抬，正像龟头昂于水面。远远望去，这只巨龟正悠然自得地向湖中央游去，似乎准备去巡湖。好一幅美妙的"神龟"出游图！

　　刚发现巨龟时，有人惊呼，这一定是老天赐给寿乡巴马的"寿礼"，褒奖这块创造无数长寿奇迹的净土福地；有人想象，这座山原本就是千年寿龟,古时遨游神州至巴马后贪恋这里的青山绿水而驻足忘返,如今遇水而复"活"。

更为奇妙的是,随着岁月的推移,这只"巨龟"喝了赐福湖的仙水,吸了赐福湖的灵气,似乎修炼得道,越发神气十足。据当地人介绍,此山成"龟"前,其植被并没有现在这样葱茏,正是20多年来湖水的滋养,如今满山青翠。山上的植物都比20年前长高了,长茂了,使得整个"龟"长大了一圈,显得更加浑圆丰满,而且披上了翠绿的"盔甲",显得格外精神抖擞。从远处眺望,这山又像镶嵌在湖里的一颗巨大的绿宝石。

龟是少数比人类长寿的动物之一。有关资料显示,龟的自然寿命一般为150年,有的甚至活过千年。在我国民间,龟是象征长寿的吉祥之物。因此,人们很自然地把此"龟"与长寿之乡巴马关联在一起。此"龟"落户巴马赐福湖,并非偶然,乃天作之合。

最近,一位美国专家携带精密的仪器,就在这座"龟"山旁进行了一次负氧离子测定,结果发现这里的负氧离子竟然高达近70000个/立方厘米!专家连连称奇。

最近的调查表明,巴马百岁老人以环赐福湖为最多。近年来,区内、全国、全世界各地来巴马环赐福湖带买房、租房、度假的"候鸟人"逐年增多,其"奋斗目标"就是长寿!也正因为此,这座"神龟"山的出现,便被当地人视为天赐之宝,称其为巴马人长寿的象征标志物之一。

说赐福湖是"巴马中的巴马",与其称之为一种说法,不如将之理解为一种"龟定"。

赐福湖中的一个湖中岛

百鸟岩: "六天六夜"看三个"窗口"

"百鸟岩"还有一个撩人的名字——"水波天窗"。据说"水波天窗"四个字是巴马旅游界人士起的,我个人认为比"百鸟岩"三个字更富有诗意。

它是位于巴马甲篆乡西北面漠斋山下的一个地下河溶洞,千娇百媚的盘阳河流到这里,像个隐身高手,闪身就进了溶洞。

以前,日出时分,一群群鸟儿就会飞出洞口;日落,回洞栖息。鸟儿姿态优美,自得其乐,大片大片,非常壮观。有岩燕、鹰、蝙蝠等好多种"动物飞行员",只可惜,现在已经看不到这样的景象了。现在,洞里能见到的也只有被戏称老鼠中的"飞行员"——蝙蝠。其实,蝙蝠不是老鼠变的,它俩完全不同,老鼠是啮齿目动物,蝙蝠是翼手目动物。

游览百鸟岩始终不用走路,只需在小船上安坐,要经过一段河面才到洞口,就当是过渡的"序曲"吧,真正的"乐章"还在后面。

洞里没有灯光,大都黑咕隆咚,只靠三个自然天成的天窗照亮,游客坐船在洞里游览,光影变幻,忽暗忽明,去程仿佛经历神奇的"三天三夜"。我不想用闪光灯拍照,就先打开相机,把像素调到ISO3200,心想能拍几张算几张好了。

一开始进洞时,凭着洞口的光线还可以看到洞里的一些景象。船慢慢摇进里面时,光线渐暗,不一会儿几乎什么都看不见了,船工熟门熟路,只凭经验在船尾划桨,桨戏水之声清晰而特别,若能录音下来准可以当安眠曲。我特意用腹式呼吸享受洞里湿润的新鲜空气,在吐故纳新间感受洞里的"第一夜"。

洞顶不断地有泉水滴落下来,打在我的前额,清凉无比。如果谁碰巧接到一些黏糊糊的宝贝,一定不要生气,要开心哦,因为那是你的"福分"(蝙粪)呢。有人称,在民间有这样的说法:如果被鸟粪滴中头,你要在当天钻桥底或楼梯底,以避邪;但假如被蝙蝠粪滴中头,可以去买福彩了,说不定会幸运中奖呢。我不信这些,觉得好笑,试想,上空掉下一丁糊状物,

巴马百鸟岩

你能一下子检验出是蝙蝠产物还是鸟类产物吗？

　　船在"夜色"中慢慢地划着，前面忽然慢慢变得明亮起来，原来第一天窗到了，这叫"月光天窗"，洞顶上方出现了一个天然形成的圆形洞口，犹如一轮明月当空，照亮了洞中天地，仿佛天亮了一般。水中还能看到"月亮"的倒影，真是妙不可言，坐在小船中几乎能够"水中捞月"，但伸手入水纯属危险动作，还是安坐为上。这时候想拍照片的话，请不要用闪光灯，不然画面将惨不忍睹。

　　小船继续前行，又进入了"第二夜"，眼前一片漆黑，只有手电筒发出微弱的灯光。就在我闭目养神时，天又慢慢地亮了。洞里的时光过得真快啊，真是"洞外一分钟，洞内已一日"。这时，一个美丽的世界出现在我们眼前，这便是第二天窗"世外桃源"。同船的各路好汉佳人纷纷拍照，相机的相机，手机的手机，忙碌了一番。我倒关闭了相机——此等景象不及时欣赏，却要回到家里看照片，有点浪费了。

百鸟岩风光

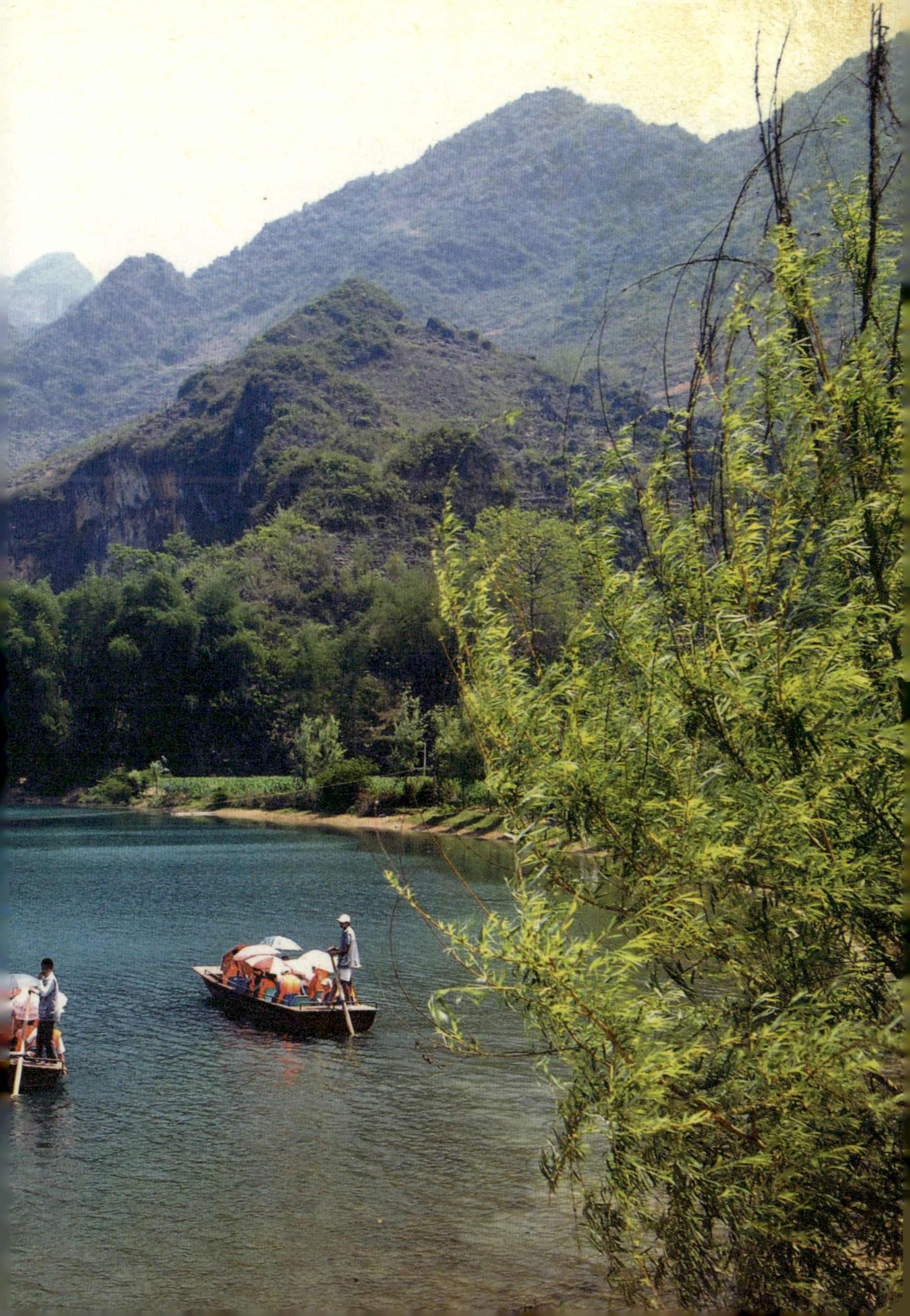

过一阵子，船又进入了"第三夜"。常言说天上一日，地上一年，而在百鸟岩是水中"一日"，地上十分钟。很快，天又亮了，到了第三窗"别有洞天"。这是盘阳河地下河水在巴马界内最后一个出口，从这里往上看，只见岩壁上的一块大石头上，不知是哪位神仙"刻"下了一个繁体的"寿"字，是造物主的无心之作吗？还是某种暗示呢？在最后一个出口出现如此神笔，潜台词也许就是：巴马出口长寿水，出品长寿人。

船行到此，调头返程，和来时一样，又一次经历了"三天三夜"。这样，来回一共经历了"六天六夜"，我盘腿打坐在船上，静默一会儿，又做了两分钟腹式呼吸，后脑勺一下全放松了。

出洞口的时候，头顶上出现了一个大蜂窝，甜甜的蜂蜜还在不断地往下滴呢。明知是蜂蜜，但前面有了"蝠粪"的记忆，滴在手上，欲舔，却卷回了舌尖。

"水波天窗"一小时的游程，一幕幕奇妙光影悄然刻录在游客的大

百鸟岩洞内的"月亮"　　天然"寿"字

脑硬盘里,如初恋情人的一颦一笑,永远不会忘记。对我而言,那光景奇妙就奇妙在那黑暗与光明的对立统一,好比绘画中的黑白对比,自然、经典。

"六天六夜"看三个"窗口",与你在家里每天习以为常地望着窗外相比,感觉当然不一样。

天下第一洞 —— 百魔洞

早在 1987 年,中国和英国的岩溶地质专家踏进百魔洞,进行联合考察后为之折服,一致认为:百魔洞集天下溶洞之美于一身。后来,百魔洞还被英国皇家洞穴协会命名为"天下第一洞"。

百魔洞位于巴马甲篆乡坡月村西侧,在巴马至凤山的公路边,距巴马县城约 30 公里。我正好住在坡月村,从村里走到百魔洞也就 20 分钟的路程。通常,来巴马取长寿经的国内各地的老人们一早就徒步去洞口泉眼取水,然后再提水回村吃早饭。每天往返,感觉身体一天比一天好。

这里是一个天然的氧吧,是巴马空气中负氧离子含量最高的地方,而且洞内比洞外还要高,每天都有很多人来洞口坐着"吸氧",大有不吸白不吸的阵势。很多外地人慕名前来巴马疗养,一住就是几个月,一吸就是百

百魔洞

百魔洞

余天。有人甚至因此治好了多年不愈的顽症，口碑相传，使得百魔洞更加名声在外，仿佛它集合了千百种能治病的"魔法"。

一位到这里疗养的山东中医告诉我，依他的经验，在洞口最好不要剧烈运动，做一通八段锦最适宜。这种功法可以近似地比作主动全身伸懒腰，行气行血，早练早受益。回到南宁后，我请曾练过八段锦的父亲教我，从"双手托天理三焦"到"背后七颠百病消"学了一次，就只一次，还不是很用心练，但真神了，通体比洗过桑拿还要舒服。不久，我又来到巴马采风，特地再次请教那位老中医。他说，这功那功他见多了，他认为还真没有一种健身功法的性价比像八段锦这样高，他打算在百魔洞前办个班，推广推广。

"百魔"，当地语为"泉口"，因百魔洞靠近盘阳河出水口，洞口有泉水，泉水边的瑶族村落叫百么村，洞名便取名为"百魔"，也体现其神奇魔幻的色彩。百魔洞是个天然石灰岩溶洞，洞高近百米，洞内雄奇伟岸的石笋群如参天巨木，气势恢宏，这些巨大的钟乳石塔是经过几亿年岩溶发育的结晶。

百魔洞内分三层，景致各不同，如空中楼阁般别有洞天，每个景点都有一个好听的名称，记得住记不住无所谓，能来到这里已经是一种福气。

在洞里，可以看见浓浓的岩雾笼罩在岩洞的上部，使这个巍巍景观显得诡秘多姿。越往里走温度越高，湿度越大，到了最上边就如同进了桑拿房。照相机的镜头上都是雾气，像我这样的眼镜客也举步维艰，不得不停下脚步擦拭眼镜，但过了一会儿眼镜又起雾了，只能摘了眼镜小心行走。洞中有的地方钟乳石和滴水声还能拍打出好听的音乐。从洞里最高处走出来，全身上下都已被汗水打湿，这洞内洞外完全是两个世界啊。

百魔洞洞中有天。南北两洞之间是个桶形的通天洞 —— 天坑。天坑将百魔洞分成南北两部分，坑内生长着各类植物，种类不少，学林业的本科生想必一下子也难识全。作为南北两洞之间的缓冲地带，天坑正好成了游客休息的场所和当地瑶族村民摆摊的地方。沿着天坑里一条曲折的山路攀岩而上，崖顶有一个不大的瑶寨，居住着高山土瑶。百魔洞正好是瑶寨的出寨通道。

在广西典型的喀斯特地形里，有很多这样的溶洞，像桂林的七星岩、芦笛岩。它们开发的时间都很早，已经闻名全球。而巴马的溶洞开发较晚，但这里的溶洞资源相当丰富，目前对外开放的只是其中的一小部分。巴马大部分溶洞里面的湿气都很大，说明里面的钟乳石都还在生长发育。

百魔洞入口

百魔洞里的"金浆玉液"

这里的每个溶洞都非常有特点，完全不逊于桂林的溶洞。我坚信百魔洞总有一天也会享誉全世界。以前都说"桂林山水甲天下"，我说"广西无处不桂林，巴马山水甲天下"，也真不为过！

我们目前所看到的百魔洞仅仅开发了十分之一，可想而知，剩下的那十分之九，将是多么震撼！来到这里的人，都不舍得立即离去，在天坑里大口呼吸着新鲜清澈的空气，希望能把城市里的污浊空气全部替换掉。

人类的祖先，本就是洞穴的主人，作为旅者身居百魔洞，身居这个集天下溶洞之美于一身的"天下第一洞"，我很容易就想起了那个"人从哪里来，人到哪里去"的经典命题。

"经典"的实质是"难以超越"，甚至是"无法超越"。

百魔洞是洞中经典。

水晶宫："水晶晶"、"劲妈妈"

一位泰语老师告诉我，"水晶晶"、"劲妈妈"分别是泰语"美极了"和"帅呆了"的译音，前者用来赞扬女性美，后者用来赞扬男性美。我对她说："告诉你一个好去处，巴马水晶宫，天然的'水晶晶'、'劲妈妈'！你有空可以去看看，绝对不会后悔！"不久，她特地抽空游览，返程时她拨通了我的手机，第一句话蹦出："我带泰国人来水晶宫玩了，真真真漂亮，只说那两个词还远远不够表达喔！"

水晶宫

是的,用"水晶晶"、"劲妈妈"来表达对水晶宫的赞美,远远不够啊!不过,用佛教国度的译音来赞美柔美与硬朗并存的水晶宫,还是有新意的。这么说吧,如果说百色乐业天坑是一种地质奇迹,壮观震撼,那么河池巴马水晶宫则是一个神话,你会纳闷地球上怎会有如此纯美的地方。

沿着地毯,慢慢地步入洞内,一个晶莹剔透的世界便展现在眼前。一种由鼻子开始到脑再到四肢的清凉沁人心脾,我想起了弘一法师李叔同著名的书法横批——无上清凉。那种苦修静持的情怀带来的自在清净的境界,不正是眼前这样的心旷神怡吗?

金碧辉煌,四通八达,可容万人,一个无比宽敞的艺术宫殿,那种直逼脑门的崇敬感震荡心房,那是对自然这个最伟大的造物主的崇敬。洞内顶倒挂着的水晶钟乳石,千姿百态、气韵天成,你挑剔地仰望、远观、近赏后发现其无可挑剔。哪怕集合全世界最优秀的雕塑家用毕生的精力来模仿这些杰作,雕出来的也只能是"模仿秀"。如果能请两条洁白、光滑、晶莹的宝贝回家,你会恨不得放到床上左揽右拥,整个夏天都不用开空调。我本人最喜欢那些正在"发育"的水晶鹅管,竟动了邪念,真想摘几条用来做吸管,哪怕只吸凉白开,也爽透全身。

水晶宫为廊道状的中型洞穴,总长1000多米,宽8—50米,高10—80米,洞内比洞外高10倍以上,门小内大的反差,很容易让人产生惊喜。水晶宫每年接待旅客30万人次,来的不止是来巴马取长寿经的阿伯阿奶,还有许许多多"水晶晶"、"劲妈妈"的年轻男女。有人说得更经典:"假如你是位珠宝店的老板,在看完神话般的水晶宫后回到自己的店铺中,你会发觉天天工作的地方索然无味。"

且不多说,快来水晶宫洗眼吧,它是最舒服的珍珠明目液。经过专家论证:这个溶洞内的钟乳石约有30万年历史,现仍处于生长和发育期,其中的卷曲石、鹅管石的形态、密度、规模、发育程度都是国内外罕见的。光在网上看照片时,很多人已经身未动,心已远。好在去水晶宫不辛苦,它就在巴马县那社乡大洛村牛洞屯,距县城40公里左右,距乡政府3.5公里,坐车三弯几拐就到了。

水晶宫是怎么被发现的呢？有两种说法。

一种说法是：2004 年，一个当地人追老鼠追进了洞后才偶然发现，洞外平平常常，洞里别有洞天。论功行赏，十二生肖之首的老鼠占有"功勋章"的一份。

另一种说法是：一村民发困睡在洞外，突然被从小石洞吹出的一阵凉风弄醒，猜测可能是洞中有洞。他便邀请其他村民凿开小洞，果然，水晶宫真容刚一显现，就连这些见惯大山的眼睛都目不转睛、流连忘返。

而不管是怎样的说法，事实是，刚一接到消息，当时的乡党委书记韦明革立即组织干部 24 小时轮守洞口，严防洞内钟乳石被盗，又请来摄像师摄制水晶宫专题片。由于当地政府思维敏捷、嗅觉敏锐，水晶宫得以及时保护，至今，绝大部分的自然景象一直原汁原味地"自然"着。

接着，在巴马县委宣传部的精准策划下，水晶宫面世的消息在中央、区、市、县各级报刊、电视等媒体均做了报道。值得一提的是，该新闻在 CCTV4 和 CCTV12 分别滚动播出两次，影响很大。

水晶宫景点先由中国地质科学院岩溶研究所专家科学考察、论证、规划和设计。2006 年 7 月 19 日，确定水晶宫景点由巴马长寿地质公园开发有限公司投资发掘兴建。2007 年 9 月 20 日巴马水晶宫正式对外开放。

水晶宫不像我们在桂林看过的溶洞那般灯光五彩斑斓，这里采用了冷光源，以白光居多，强调钟乳石的洁白莹润。水晶宫内的钟乳石只有十几万年的"芳龄"，是一个还在发育中的"少女"。在洞里，人们可以亲眼看到大自然奇观是如何一步一步形成的，是一本明摆着的奇观教科书，不用翻页，但看一个月都看不完。水晶宫的钟乳石普遍非常洁白，无论是何种形态都有一种圣洁高贵的美。洞顶有些地方湛蓝广阔，仿佛大海就在头上。洞内宽敞的大厅也多，徜徉其中，会忘了自己是在一个山洞里，洞实在是太高太大了，几十只恐龙来了也可以蹦迪。

洞内景色真的无法用文字来描述清楚,只能说我待在里面不想出来了。

在回旅馆的路上,我坐在车里闭目养神,脑子竟自动播"电影"——眼前尽是一条条晶莹的钟乳石,仿佛一个个苗条婀娜的瑶家女正笑语盈盈地打跟前飘过。耳边仍在回响那从石尖到石窝的水滴嗒,清脆有律,依稀同感于瑶家女银饰缀身、环佩叮当。

交乐天坑:原来做"井底之蛙"这样舒坦

在从本能来讲,每个人都玩性十足,登天钻地是至爱。有好条件的,登上喜马拉雅山玩玩,或潜到马里亚纳海沟瞧瞧;条件一般的,登上高楼望望,钻个地洞转转。于是,我们羡慕天空老鹰、深海石斑、山中穿山甲。

我有幸做了一回"穿山甲",不过,钻的不是泥洞而是石坑——巴马交乐天坑。

在巴马县的西北部方圆不足 10 公里范围内,分布有 7 个大大小小的天坑,交乐天坑是其中的一个。

交乐天坑因位于巴马县城西 15 公里的交乐村而得名,它处在石山与

丘陵结合部，坑长 600 多米，宽 400 多米，最深处 250 米，好比椭圆形的大浴盆，只是这浴盆最底部才有一汪水，天上巨人要泡脚的话，脚踝都泡不过。

天坑四周悬崖绝壁，想必《碟中碟4》中攀登过迪拜塔的汤姆·克鲁斯也望而生畏。去天坑之前，我就听到了这样的故事——

1971 年，刚满 8 岁的小学生姚再多到天坑边缘挖掘药材山乌龟，不慎跌落坑底却命大不死。垂直而下 140 多米期间，他有几次被树枝托拽，减缓了下坠的速度，跌落处恰好又是一堆厚厚的草丛，使他化险为夷。虽然昏迷了三天三夜，但他最终死里逃生。姚再多长大后成家立业，他本人身体健康，家庭幸福美满。姚再多跌落天坑不死，至今在当地仍传为奇谈。

而像一锅好汤一样，"好货沉底"，在天坑底部，人称巴马"地下花园"，那里有古木苍苍的平旷台地，野生芭蕉林、珍稀中药材以及活化石树蕨在这里生机勃勃。树蕨又名桫椤，是一种比恐龙还要古老的孑遗植物，繁盛于4亿年前的古生代志留纪。由于历经漫长的地质和气候变迁，大多数的木本蕨类已演变为草本植物，而目前仍保留着棕榈状木本形态的唯有桫椤，因而它成为备受世界古地质学、古地理学、古气候学和古植物学共同关注的植物"活化石"。这么说吧，即便为了感受一下恐龙时代的意境，这交乐天坑也是值得访一回的。

交乐天坑

　　我和朋友们从巴马县城开车出发,沿着盘山公路朝交乐天坑驶去。车轮滚滚,山风呼呼,50多分钟后,这条弯弯曲曲而又崎岖不平的屯级公路带我们来到交乐村。这个自然屯就坐落在天坑边,居住着30多户瑶族和壮族同胞,见我们要去天坑玩,他们笑道:"塌坑有什么好东西吗?去拔草还是去抓鱼呀?"可以理解,村民眼中见怪不怪的东西就是我们好奇不已之物。他们把"天坑"叫"塌坑",即"坍塌的深坑"。他们说得没错,因为天坑是地下河在下方长年冲刷,顶部不堪负重坍塌而成的。

　　天坑好像一只张开的河马大嘴巴。我站在天坑边俯瞰,一阵腿抖,很奇怪,乐业天坑最深处有400多米,我当时也站在边缘,却没有慌过,兴许是巴马强大的"寿"更让我激起生存的本能吧。不是每个人都是小学生姚再多,若不小心从天坑口跌落,肯定会粉身碎骨。

　　凉风轻轻掠过我的光头,不由得不清醒,视力突然也增强了许多,天坑最深处那一汪清澈碧绿的水潭正挑逗着我,不时反几下光,像有人拿块翡翠在我面前晃几下。这块"翡翠",我在巴马县委宣传部何城全拍摄的照片中看见过,今天终于见到了真容,刚才的一时惊心转成了一阵欣喜。

　　"下天坑咯!"大家兴奋得很,但没有敢"雀跃",稍不注意就很危险,上山容易下山难啊,何况是"下坑"。这里根本没有路,我们只能拨草压枝,缓慢而行,每个人的脸上手上都有被反弹树枝划出的小小伤痕,我的眼镜还差点被打飞。有人说,下次来要戴头盔才行。我想,人受点岁月的鞭挞没有什么不好,有时,像牛一样,除疯牛,不抽上几鞭怎会"奋蹄"呢?

　　走着走着,只见一条羊肠小道,朋友说那是村民在大旱时,下天坑底部挑水时踩出来的。试走几步,这小道挺滑,我们只好踩在它的两边并手并脚慢慢挪动。半个小时后,我们下到半山腰,小道变得比较平缓。路的两旁长满了野生的芭蕉树、柚子树和几乎密不透风的灌木林,花儿朵朵点缀其中,眨着眼迎接我们这些陌生客人的到来。大家都很累了,膝盖处有些胀痛,这和下完泰山那一千多级台阶的感觉是一样的。看来,

城里人平常锻炼很不够,一个两个看似大块头颇时尚,外表不草根,但体质挺草包。

趁大家休息,朋友告诉我们,天坑底曾经有过一个学校,这引起了大伙的好奇。原来,在20世纪60年代的一个大旱季节,燕洞公社曾在天坑底开办过一所燕洞农业中学,100多名师生在这里工作、生活、学习了整整四年。搬到天坑里暂住后,师生安营扎寨,平整台地,开荒种树,做了一回舒服的"井底之蛙"。

继续向下走,终于到底了,我问:"到底大家累了吗?"有人回答:"到底啦!我们到底真的趴了!"这时,几米远处有一条下坑吃草的牛在看着我们牛喘,它老人家没空开导我们,专心磨它的牙。我看了看表,下天坑花了一个多小时,再看手机的信号,一格也没有了。

一大片从上边坍塌下来的巨石成了"拦路虎",所幸每个人脚下都是登山鞋,大家前拉后推、手脚并用地越过"虎背",颇轻松。可我想,要是像山民那样光着脚,我辈寸步难行。走到天坑最深处的水潭边,这时,响起了几声"扑通",原来,是当地几个小孩见我们来了,在表演跳水呐。

我们也忍不住脱衣除鞋,穿条大短裤下水。以前,大热天时曾有次单位停水,我不得不用20瓶矿泉水洗澡,心疼!现在望着这一汪矿泉水,该有多少瓶啊!不游白不游,何况是巴马水。在离岸边五六米处有一根横着固定的大圆木,我游了过去,想爬上去站在上面来个鸭子猛扎,不料上面满是青苔,抱都抱不住,遗憾放弃了。在潭中,我从这头漂到那头,蝶仰蛙自四种泳式全游个遍,刚才下到坑底那种累和疼全消失了,小腿也没有一点儿想抽筋的迹象。这时,岸上有个没下水的朋友大声呵斥我:"看你累坏了的话,一会儿怎么上山!"言之有理,我马上接受这颇为中肯的意见,上岸,打开睡袋,半敞着钻了进去,竟眯眼即睡。

梦醒时分,我打量四周,树林和草丛特别幽静,空气也是静谧的,连虫鸣也没有。那几个小孩也不知跑到哪里去了,只有伙伴们一个个在打着呼噜,此起彼伏,不知道的人还以为天坑底养有牛蛙呢。

朋友叫了声:"收队!"我们依依不舍,不知道是小学生作文结尾那种"依依不舍",还是累的借口?还是一种井底牛蛙的舒坦?众城里人起身的速度像起千斤顶一样慢。

我抬头往上看,"猿猴欲度愁攀援",四周近似直角的山峰合围成一只大桶,也像个固若金汤的石城。难怪天坑也叫大石围,也只有大自然才能用鬼斧神工造就了这雄奇险峻的天坑,人类做不到,至少没有"鬼斧"这样的工具。

从天坑底部往上望,天坑像一口井,井底之蛙是不是这样望天呢?给它戴上博士伦是否可以望见更远的天?我想,自己就像是一只井底之蛙,一只近 80 公斤重的公青蛙,下回邀请位天仙妹妹到此一游,我做个暂时的青蛙王子也不罪过吧。我到过草原到过大漠,那宽阔之地反而没有我在"桶"里、在"井"里联想这样丰富。做一回"井底之蛙"是这样舒坦!

时间不早了,"日落西山红霞飞",哼哼《打靶归来》,这支貌似半专业的"驴"队收拾好行头,顺着原路打道回府。

本人很少做梦,若做梦也很少记得梦的模样,但有趣的是,交乐天坑这一潭碧水曾数次来到我的梦乡。难道脑子进水了吗?觉得好笑。到巴马的次数越多,我越有自嘲心态,这种心态好不好,不得而知。到底"男儿当自强",还是"男儿当自嘲",也没多想。没有人开我玩笑,就开自己的浑吧。

外地人到巴马生活也能长寿吗？

巴马人的祖先大多数来自外地

黄妈美金是位巴马壮族百岁老人，她家里供着一个祖宗牌位，上面写着"祖籍山东"。客人见到，皱起眉头，大惑不解，而黄妈美金自己也弄不明白，但她肯定，自己祖宗是几百年前从山东过来的。

经调查，巴马人的祖先大多数来自外地。要是你稍微用心观察一下就得知，巴马人个子并不矮，女孩子相当靓丽，男孩子也相当帅气。

这跟历史上几次民族融合有关。三国时期，蜀国诸葛亮南征戍边，军中北方士卒与巴马人通婚，这是首次融合；宋朝，狄青南下，军中士兵中有大量的山东、安徽、陕西、湖北、湖南人，他们再次跟巴马人通婚，此乃第二次融合；而第三次融合，原因在于明末的一场大仗就在巴马，战后官兵解甲归田，大量湖北、湖南人在巴马定居下来。人的基因融合是很奇妙之事，常常会去粗存精，长寿基因成了"精中之精"，天长日久，巴马人获得了一个"制造"长寿人的良好环境。

巴马长寿研究所所长陈进超说，由于交通不便，地处偏僻，山高林密，巴马一般生活稳定，人口稀少，与外界接触不多，形成天然封闭半封闭状态，传染病传入和原发病都很少。很多长寿老人除出过麻疹外，没有其他病，他们也并不知道自己再患过其他疾病。另外，还有不少老人一生从未求过医、吃过药，这点更令人惊讶。

尽管巴马相对闭塞，但自古文风昌盛，人才济济。巴马的长寿老人也不是什么"老糊涂"，他们几乎个个都是"人瑞"，只是手脚比年轻人慢些，相比其他地区老人，巴马老人反应灵敏，智商不低，情商也高。阅历百年人生沧桑的老人们无欲无求，早就安静下来，待人处事很有礼貌，教育后代也很得体,即使是位驼背的巴马老人,也有一种难得的"老优雅"。

经过这几次历史上的民族融合,神秘的长寿基因在巴马人身上优化组合后,悄然"潜伏"下来。据陈进超对巴马 69 位百岁老人的调查,其中属于长寿家族的就有 51 名。

虽然不能说在巴马住上一定时日就有了长寿"基因",但只需在这人间仙境感受两三天,你就会明白能多活几岁的"基本原因"。从这个角度来说,外地人到巴马生活,至少能多长寿几岁!

森下敬一:使巴马从"自以为是"到"名副其实"

在巴马最有名的外国人是谁?答案是唯一的 —— 日本人森下敬一博士。这位对巴马有着特殊贡献的老人,得到了巴马上上下下的敬重,不容易。我想起了往昔岁月中的白求恩:一个外国人,不远万里来到中国,毫不利己,专门利人。

森下敬一博士长期不辞辛劳,远涉重洋,奔走在日本和巴马之间呕心沥血地研究、宣传巴马长寿现象。他与白求恩唯一区别的是,森下敬一利人的同时也利己。人人为我,我为人人。老人学术作风严谨,懂得努力付出,也懂得善待自身,真性情!

2006 年 2 月 28 日,第二届巴马国际长寿学术研讨会在巴马京都酒店召开,国际自然医学会会长森下敬一博士、中国健康长寿研究会副主任邱锋等参加了研讨会。

森下敬一得到了应有的尊重,他被安排在主席台上就座,第一个发言。

正是这位医学博士十几年来的不懈努力，才使巴马由"自以为是"的长寿之乡，跃升成了"名副其实"的"世界著名长寿之乡"！

巴马人都清楚地记得，从 1991 年 9 月到这次会议召开的十多年来，以森下敬一为团长的日本国际自然医学会考察团曾多次到巴马实地考察，对巴马用心良苦。

1991 年 9 月 8 日至 10 日，该团一行六人到甲篆乡的弄兔、松屯，巴马镇的板么、元吉、法福等村屯以及凤凰乡对百岁老人们进行采访和考察。这是森下敬一一行人对巴马"用功"的第一次。1992 年 4 月，他又率团对坡利、文钱、凤凰、弄京、巴马、法福等村屯进行多方面的采访和考察。这一次考察有了较大的进展，也使这位做事专注的日本人在今后的岁月里，对巴马更用心、用功、用情。

从此，他与巴马结下了"百岁"情缘，经常到这里来走走看看。

尽管他对巴马的长寿现象感触万千，但他所作报告的内容却惜墨如金、十分简洁。他从巴马长寿"矿藏"中提炼出几块"钻石"："巴马老人之所以长寿，主要是他们的饮食结构、生活方式、心理素质、自然环境、社会因素和遗传基因等，都符合了科学养生、健康长寿所需要的一个概念——度！"

透过"钻石"的光芒，巴马人依稀看到了一块金色的标牌——

2003 年 11 月 12 日，森下敬一慎重地把从 1991 年 11 月就开始酝酿的"世界上第五个长寿乡"认定书，郑重地移交到巴马瑶族自治县人民政府领导手上。他深深感叹："巴马是人间遗落的一块净土。"

在日本，曾有人做过这样的调查：你知道中国的哪几个城市？许多日本人不知道广州、深圳、西安、重庆，但却知道有个巴马。据森下敬一说，每六个日本人中就有一个知道中国有个巴马；而在日本人心目中，巴马排在中国城市的第四位，即北京、上海、桂林、巴马。

善于学习的日本人不仅仅知道巴马，还乐于体验巴马长寿文化的"度"。2011 年 1 月 18 日，由日本著名建筑师隈研吾设计的一家以巴马火麻仁、火麻油等养生食材为原料的餐吧落户东京银座，吸引千余名各国宾客。火麻在日本主要以调料的方式为众人熟知，但是作为一种菜来命名，还是首次。用火麻油和火麻仁做菜肴、甜点，这与以少用油为原则的日本料理似有冲突之处，但也是一次改变人们习惯的机会，因为日本人也相信，多吃火麻油可以延年益寿。

相信火麻，相信巴马，等同于相信长寿。

自古世上有候鸟　今日巴马多"候人"

人类灵光的右脑经常会"创造"出很多"仿生人"—— 最有本事的要算"蝙蝠侠"，比较有本事的如"蛙人"、"蜘蛛人"之类。十多年前，"仿生人辞典"中又诞生了"候鸟人"一词。不过，那时的"候鸟人"只是一些冬天到南方防寒，夏天回北方避暑，像候鸟一样南北飞来飞去的中老年人。他们把南北变成两台大空调，花一定的成本主动调节温度，换来了比别人多一点的舒适度。

人们常用能像鸟儿一样飞翔，来形容生命的自由与欢畅。因季节变化而周期性迁移的鸟类，被称为候鸟。很多老人，年轻时像蚂蚁一样辛勤工作；老年时，身体及经济上获得了自由的他们，过上了候鸟般悠然的生活。他们被称之为"候鸟人"。

在广西的巴马、桂林、北海、临桂、金秀、资源、龙胜、南宁等各个适居地域，就有着大批来自省外、随季节变化而迁移住所的"候鸟人"。他们大多辛劳半生，患有各种中老年慢性常见疾病，广西秀美的山山水水、宜人的气候、纯净的空气，恰恰成为了他们不开药方的"良医"，潜移默化地为"候鸟人"摒除顽疾。

而目前落脚巴马的"候鸟人"，他们不只在乎南北的温度，更关心自己生活的态度。往往，他们多称自己为"候人"，直接把"鸟"字去掉，因为他们不仅仅像候鸟那样简单地飞来飞去。

有句歌词"活着就是等待,等一个真正爱慕你的心","候鸟人"们也在等着、候着,他们相信,顶礼膜拜地"朝圣"巴马,一定会得到这块神奇土地的眷顾。一份长寿的机缘、一种长命的基因,就会马不停蹄地向自己速递而来,再紧紧地"巴"上身体,附着灵魂。他们认为,集合地球上几乎所有人类得以长命百岁信息的福地,只有巴马。如果当年秦始皇心中的"长寿地图"上有巴马,徐福就用不着东渡扶桑,而灵渠也就会直接修到巴马。

"有钱难买我乐意",在巴马的数万"候鸟人"乐不思归。

"世界长寿之乡"这块巴马瑶族自治县的金字招牌高高地立在中国的西部,而中国长寿文化的风向标,正指向巴马。几乎所有热衷于养生的人们都着魔似的奔赴这里,似乎要完成一次挖掘他们身体潜能的"西部大开发"。

"我的病能治好吗?"

"巴马真的那样神奇吗?"

"劝我到这里疗养的人不会是'托儿'吧?"

"这里地处偏远,治安好不好呢?"

通过媒体宣传或经过口碑相传而认识巴马的"候鸟人",初来乍到时总会带着重重的问号。但不久,紧锁眉头的"川"字纹被"奇迹"的熨斗烫平了。平安稳定、民风淳朴、人与自然和谐共处的巴马让问号变成了感叹号。

据统计,2010年上半年,就先后有7.5万余人次"候鸟人"飞到巴马休闲养生,其中在长寿中心带甲篆乡,就有来自新疆、辽宁、河南、广东、四川等地500多名"候鸟人"。他们以一种"有钱难买我乐意"的态度常年在此安营扎寨。

巴马的好水、阳光、空气、地磁、食物,都是最天然的有效药!这是来巴马休憩养生的"候鸟人"们一致的观点。

南下的"候鸟人"租用农家房屋作为养生、养老之地,一个月不过数百元，既调理了身心，改善了健康状况，也增加了当地农民的收入。不少"候鸟人"每年平均会在农家旅店租住 3 — 6 个月，生活成本不高，生命质量不低。

一位医生在百魔洞里打太极

一般情况下，北方"候鸟人"飞南方养生是情理之中，但就连与广西纬度相近的广东人也慕名而来，甘当两广之间的"候鸟人"，这有点意料之外了。广州离休老干部谢老夫妇，在年近八旬时"想通了"。他俩从《广州老年报》上看到一篇介绍长寿巴马的文章，三天后，就打点行装来到巴马，一住就是半年。即使他们有事返广州，当地待个三两天就赶回巴马，说是"广州空气比不上巴马"。

相比于其他地域，巴马动手动脑的速度比较利落，这个小小的县有着大大的雄心：按照他们的规划，就是用 5 — 10 年时间，把巴马建设成中国首屈一指的养生旅游中心。这一雄心，显然是由越来越多的"候鸟人"催生的。

自古世上有候鸟，今日巴马多"候人"。像候鸟一样生存，是生命质量提升的体现。

"候鸟人"落户巴马有故事

故事一: 从"试试看"到"啥都试"

网络时代, 信息铺天盖地、鱼龙混杂, 巴马的信息也不例外。但是, 巴马的长寿信息之"真"、巴马古朴民风之"善"还是被人用"梳子"理顺而出。

5 年前, 一对北京退休夫妇在网上被巴马"网"住了, 发现巴马是个非常适合他俩的养生度假之地, 但慎重的习惯还是令这对夫妇将信将疑。当年 10 月, 他们怀着试试看的心理来到巴马。

这两位"老北京"都近 70 岁了。他们一个是雕塑家, 一个是老师, 子女事业有成, 生活无牵挂, 只是觉得退休后, 为子女操劳了一辈子, 没有很好地照顾自己的身体, 有些遗憾。

夫妇俩到了巴马下车时, 感到哪怕在汽车站, 空气都比北京新鲜。

笔者采访"候鸟人"

再沿着车站旁边的小城河走走，那不一样的小桥流水人家，又向他俩送上一份别致的新鲜。环顾四围，朴实的行人、宁静的街道、慢走的车辆，从容的巴马给了两位老人家一份久违的淡定。他俩初步决定住下来，这一住，就是一个多月。"每天都可以呼吸清新的空气，喝上清洁的好水，吃上原汁原味的生态蔬菜和水果，感觉特别好。"老太太说。

夫妇俩衣着朴素，打远看像极了当地的普通农民夫妇。黄昏，一间小屋前又出现这两个忙碌的身影，他们在喂鸡呢。他俩撒上一些稻谷，"咕咕咕"地叫唤着晚归的鸡。听到符号般的声音，鸡兴奋地小跑着，在外面玩了一天，是该回窝了。雕塑家在和他的妻子一起雕刻晚年的好时光，打远望，这何尝不是一幅名家风景油画。

其实，在飞来巴马当"候鸟人"前，这对夫妇在丽江、大理、西双版纳、昆明、上海、广州等地都留下了足迹。

可是，夫妇俩为什么偏偏选择做巴马"候鸟人"呢？老人感慨地说："其他旅游胜地风景虽美，却不是长期居住的理想之地。巴马不但美，

一杯"土酒"敬友人

还可以疗养, 有什么理由不在这里长期居住? "

夫妇俩口味比较重, 刚开始时在吃这方面有些不适应。但和当地人一样吃清淡、吃新鲜一段时间后, 发现身体竟然比以往有劲儿, 就慢慢主动习惯了。

2008 年, 夫妇俩又在巴马住了七个多月, 并把在巴马的养生经历和感受告诉在北京的朋友, 真实生动的体验引得一批北京的中年朋友急匆匆地赶到了巴马。结果呢, 其中有些人返京后, 竟有点不适应北京的气候和生活了。

夫妇俩和别的 "候鸟人" 有些不一样, 他们想真正地融入当地的农村生活, 这或许与雕塑人、教书人一贯的深入基层的作风有关吧。2009 年, 当夫妇俩再踏上巴马这片美丽而神奇的土地时, 他们选择坡纳养生度假村和当地一户农民同吃住, 共同分享这片长寿的星空。

从 "试试看" 到 "啥都试", 对于这夫妇俩来说, 这个过程很短。

故事二: 一次性花 3 万租房 10 年

安徽马鞍山的刘老先生年近 70, 一天, 孙子上网时给他看了一张巴马百岁老人的照片。看着寿星健康无比的模样, 刘老心生羡慕, 一不做二不休, 携手老伴直奔 "主题"。到巴马后, 夫妇俩一住就是三个月。现在, 他已经在坡月村租了农家房, 并一次性付了 3 万元, 打算在这里住上 10 年。他俩每天都去百魔洞吸氧, 上午和下午各待一个小时, 这样, 一天就有了 120 分钟的心情欢畅, 至少, 是呼出吸入的通畅。

故事三: 不做 "候鸟人", 要当 "巴马人"

"养生天堂" 巴马俨然 "长寿圣神", 吸引了 "候鸟人" 纷纷前来 "朝圣", 他们在巴马租房, 每年居住 3 — 6 个月不等。如今, 他们不甘心做 "候鸟人" 了, 以合作建房的形式融入浸泡在充满长寿因子的巴马山水中,要当真正的"巴马人"。

一位来自台湾的女士很有想法,她最先想到与当地村民合作建房。具体是:当地村民出地皮,她出资,共同建造了一栋山庄别墅。双方约定,女士先居住30年,30年后别墅无偿归农家主人。这种方式相对于租房来说,更方便、舒适。其他"候鸟人"觉得此举合情合理也合心,纷纷仿效或另找合建之道。

一位孟老先生于2006年来巴马住了半年,恋上了巴马。他说:"我已经交了50年的房租,如果这里接纳我,我还想把户口迁过来。我原来因糖尿病引起并发症,全身难受,失眠、便秘,到这里住上一段时间后,病状就得到改善,有的甚至消失。"

现在,孟老先生和其他7位前来度假的老朋友与当地村民合建了12间房屋,5间供村民使用,其他7间房子每人一间。他说:"我要做个真正的巴马人,50年后如果我还活着,再续租。"

针对"候鸟人"的强烈需求,当地政府因势利导,正在建造一批疗养山庄、宾馆。巴马长寿老人的养生之道,道可道,非常道。外乡人成为真正的"巴马人",得道。

故事四: 妙龄女子受到老人刺激

看看各种化妆品的畅销就明白了,谁都想拥有健康的肌肤,尤其是年轻女子。一位期盼"只要青春不要痘"的青春女孩来到了巴马。

在长寿村,那位110多岁奶奶的皮肤令她赞叹,尽管老人的脸上布满皱纹,但皮肤非常光滑,总让人不禁怀疑她是不是从一出生就开始补充胶原蛋白。一打听,女孩惊讶地瞪大眼睛:老人的保养,其实也没有什么秘诀,就是简简单单地过日子,多吃粗粮和多劳动。

女孩受到刺激后,在博客上写下了自己的体会:本来,化妆品做的就是"表面功夫";好心情、好心态、好环境才是最好的保养品。

故事五: 终结"宅"生活

不论环境多么美,治安不好连鸟也不想往里飞。不了解僻壤之地的人有时会联想到"穷山恶水出刁民"的俗语,心里打鼓。其实,这是对巴马寿乡的天大误解,对巴马的真实注解是:青山丽水出善民。

有"候鸟人"刚到巴马时,对村里的治安不是很放心,每天大部分时间都把自己关在租来的房子里,偶尔出门,对当地人也是分外提防。隔窗看寿乡,是他们最初的旅居方式。可是,村干部的到来彻底终结了"宅"生活。

为了消除"候鸟人"对当地人的戒心,心细的村干部有意地带上"候鸟人"走访了一些农户,很自然地与他拉拉家常,并适时介绍巴马的治安状况;又领"候鸟人"去拜访百岁老人,到百魔洞吸氧。一连串的善意最终让"候鸟人"感受到巴马人的淳朴与热情,他们走出蜗居,拥抱寿乡。

巴马人能换位思考,将心比心地替"候鸟人"思其所思,治安工作做得很到位。以百魔洞景区为例,巴马人为了保持并增进村子的平安指数,每天,坡月村都会安排人员到百魔洞景区等地巡逻,严查坑害游客、"候鸟人"的事件。同时,要求每所农家乐旅馆规范治安管理,发现问题及

"候鸟人"

时解决。平日里,村干部还会经常走动,倾听"候鸟人"的意见,让"候鸟人"与当地人共享平安,真正把《好人一生平安》唱到心坎上。通过努力,坡月村多年无命案,也无敲诈勒索等恶性案件发生。

"神洞圣水游人迷,旅馆遍地候鸟欢。借问此景今何在,寿乡壮家坡月村。"有书法爱好者把这首在"候鸟人"中广泛流传的打油诗书作壁上观,观者心安。

故事六: 成功戒掉了长达 30 年的烟瘾

戒烟是很痛苦的事,如果断断续续地戒,后果更严重,戒一次不成功,下次复吸时烟量更大,很惨!

2010 年,来自台湾的林先生随旅行团来到巴马后,深深地迷上了这里优美的环境,也迷上了百岁老人的养生方式。他想,要走上长寿百岁之路,烟就是一只拦路虎。于是,这条"老烟枪"把戒烟的决心与信心交给了巴马,认为在山水绝配的美好之地吞云吐雾,真是罪过。他临时决定再多待一段时间,结果,巴马成了他最好的戒烟所,绝佳的空气成了他最好的戒烟糖。他高兴地说:"巴马之行最大的收获是让我成功戒掉了长达 30 年的烟瘾。那几个月里,我居然一支烟都没抽。更神奇的是,压根就没有过要抽烟

的念头。以前在城市，想戒烟的话，我会变得暴躁、易怒，而且老想着要吸上一口，但在这里就没有这种感觉。"

故事七：来自上海的老"候鸟"的肺腑之言

有一位不远千里从上海飞来巴马久居的老"候鸟"，老人家到处传诵他的巴马养老经——

"目前，社会上针对养老问题讨论得挺多，毕竟中国已经进入老年社会。除传统的家庭养老、机构养老外，还产生了一些新的养老方式，比如社区养老、以房养老、异地养老等。

"如果退休了，异地养老是一个最好的选择，大城市让给年轻人吧！能休闲养生、健康养老才是最终目的。巴马山清水秀民风淳朴，夏无暑热，冬无严寒，正是养老的好去处。

"不是说老年人最怕孤独吗？在巴马能与全国各地的朋友交流，太阳每天都是新的，生活每天都是新的，每天还有很多新朋友，真好！

"不是说老年人最怕生病吗？巴马空气中的负氧离子含量奇高，是原始的天然'氧吧'；巴马的水是神奇的小分子弱碱性水；巴马的阳光80%是被称为'生命之光'的远红外线……只怕你越活越年轻，越活越健康！说不定到时还能和巴马百岁老人比个高下呢。与其把大把大把的银子花在医院、保健品上，不如每年到巴马住几个月。

"不是说老年人最怕落伍吗？现代网络发展多快，只要一台电脑，虽然人在深山，也能如'秀才不出门，全知天下事'！"

从这位老"候鸟"发自肺腑的"鸟语"，你能嗅到巴马仙境的"花香"吗？闻香识巴马，不入仙境，焉得"寿经"？

"候鸟人"的呼吁

巴马"候鸟人"队伍的不断壮大，而源源而至的新"候鸟人"亟须了解巴马，这引起了老"候鸟人"的关注。为了更好地"承上启下"，2011年，由张振之、张咏梅等资深"候鸟人"发起成立了巴马"候鸟人"协会。

该协会为新来的"候鸟人"提供有关巴马的资料，并设立专门网站方便人们查询。同时，请专家学者为新老"候鸟人"讲授养生知识，定期组织"候鸟人"开展有益身心健康的活动，工作做得有模有样。"研究巴马长寿现象，弘扬长寿文化，宣传巴马，爱护巴马，保护巴马"——知恩必报的"候鸟人"对巴马有这样的心意。

他们写了一封公开信，全文如下，读者可以体味到"候鸟人"那一颗颗感恩的心——

尊敬的巴马县人民政府各位领导：

自古世间有候鸟，今日巴马多"候人"。追求健康、长寿是人类永恒的主题。根据医学研究得出的结论，人的寿命可达120岁以上，这在巴马得到了印证。

"候鸟人"有幸来到巴马，我们热爱巴马的山水，热爱巴马人民，更热爱巴马县人民政府。是你们为"候鸟人"提供了无微不至的关怀和服务，不论是交通治安，还是养生度假等方面都考虑得非常周到。坡纳度假村建设得十分漂亮，让我们有宾至如归的感觉，过节都不回自己的家乡，将巴马当做自己的第二故乡。"候鸟人"得到了寿乡雨露阳光的恩泽，于是他们记住了这方水土。他们通过各种机会，不断地向外界传送寿乡的消息，用亲身经历感染了许许多多的人，促成他们到寿乡来圆梦。我们都怀着一颗感恩的心，回馈巴马赐予的健康和快乐。

"候鸟人"多是退休人员，曾有过不平凡的工作岗位和人生经历，有退休或在职的国家公务员、专家学者、教师、医生、企业家、军官……此乃藏龙卧虎之地。

现在每年大约有 8 万多人次来巴马旅游、度假、养生，促进了巴马"长寿旅游业"的发展，成就了巴马养生、度假旅游的金字招牌。"候鸟人"既是受益者，也是贡献者。因为"候鸟人"的到来，瑶山变得更加绚丽，吸引了众多的外来投资者的目光，给巴马带来了无限的商机。

当然，也有个别"候鸟人"的素质还需要提高，对保护世界垄断性的长寿资源认识不够。目前，巴马的旅游环境也有不尽如人意的地方，有些游客以国家 AAAA 或 AAAAA 级旅游景区的标准来衡量巴马，来要求巴马，巴马还有很多工作需要我们一起去努力。

怎样才能充分发挥"候鸟人"的作用为巴马旅游做贡献呢？我们建议成立一个"候鸟人"的组织——巴马候鸟人协会，让他们成为宣传巴马，建设巴马，爱护巴马，保护巴马不可忽视的一股力量和有说服力的名片。

"候鸟人"不是一个人，而是一群人，是一群有爱心、有文化、有思想、有能力的人。这群人正在巴马扮演着越来越重要的角色，发挥着越来越重要的作用。

成立巴马"候鸟人"协会的好处有：

一、对宣传长寿之乡——巴马有积极作用。

二、对提高"候鸟人"的素质和规范"候鸟人"的管理有积极作用。

三、丰富"候鸟人"的生活，让"候鸟人"有个家的感觉，让"候鸟人"的家属放心，让未来的"候鸟人"对巴马有信心。

四、传达政府的有关文件和重要会议精神。

五、发现人才，利用人才。县人大、县政协可以邀请杰出的"候鸟人"为巴马服务。

六、吸引世界各地的善心人士和慈善机构资助巴马瑶寨的希望工程、饮水工程。

成立巴马"候鸟人"协会需要政府解决的困难有：办公场所、办公用品、办公经费等。

巴马是广西的，是中国的，也是世界的。关注巴马，爱护巴马，宣传巴马，建设巴马是"候鸟人"义不容辞的历史责任和使命。

敬祝各位领导身体健康！工作顺利！

祝巴马全县 26 万人民生活幸福！健康快乐！

候鸟人：张振之　张咏梅　陈泽惠

王攀枝　凡　奇　陈忠耿

冯　敏　张　彦　王嘉南

迟本功　黄　芳　汪福来

2009 年 10 月 20 日

印象巴马

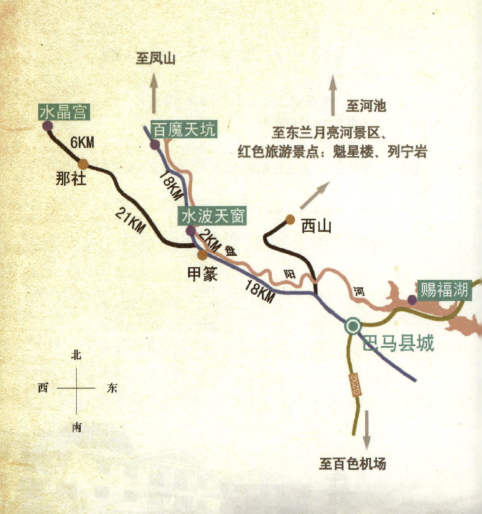

至凤山

至河池

至东兰月亮河景区、
红色旅游景点：魁星楼、列宁岩

水晶宫

6KM

那社

百魔天坑

21KM

18KM

水波天窗

2KM

西山

甲篆

盘

18KM

阳

河

赐福湖

巴马县城

北

西   东

南

G232

至百色机场

至河池

东山

凰

巴根铜鼓楼

行走攻略

　　以前到巴马要翻山越岭,现在要去就太简单了。现代交通如此发达,即便是"驴友",也没有必要用双脚来计算路程。假如你是专程去巴马养生,那恭喜你,你主动强化了自己心底最基本的敬畏生命的意识。

行在巴马

巴马县城通往景区（点）的车、船

一、出租汽车。巴马县城至县内各景区（点）最远不过 50 公里，至境外凤山地质公园或到东兰红色之旅亦不过 70 公里，均可乘坐巴马的出租汽车。出租汽车的收费为起步价 3 元，2 元 / 公里，价格也可双方商定。

二、游览百魔洞、百鸟岩、巴盘长寿殿堂和盘阳河风光可乘坐巴马汽车总站定时始发的公共交通汽车。首班车 6：00，末班车 17：30，其间每 30 分钟一班车，票价一律 5 元 / 人次。

三、乘坐巴马汽车站始发的定时班车。具体路线和发车时间请电话咨询巴马汽车总站：0778－2428867。

四、乘坐巴马汽车站始发的不定时的中巴或微型汽车 。巴马汽车站 8：00—15：00 有不定时开往各景区（点）的汽车，客满出发。

五、旅游船游览。赐福湖风光游览，票价为 40 元 / 人次。每天的开船时间为 8：30。巴马 — 岩滩电厂沿岸风光游，只可包船游览，不接受散客，费用为 3000 元 / 天。联系电话：0778－6216177。

游在巴马

巴马很小，几天就可以游览完毕；巴马很大，住上十年八载也探究不完。走马观花也好，安居此处也罢，巴马这朵人类生命的奇葩总让人欣赏不够。倘若你是来去匆匆，到了巴马只顾得上拍照片，权当到此一游，没关系，回到家慢慢翻相册吧，静态巴马的那水、那山、那人，足可以和一大帮朋友分享多次。

旅行社路线参考

下面是旅行社常走的几条路线，可以供大家参考。这些线路均为上午从南宁出发，中午到巴马就餐。

两天一晚游

第一天，下午参观长寿博物馆，晚上住在县城并可到文化广场参加大联欢（跳舞、唱歌、看民俗音乐表演等）。

第二天，上午参观命河、水晶宫，回县城吃午餐后返程。

三天两晚游

第一天，下午参观长寿博物馆，晚上住在县城并可到文化广场参加大联欢（跳舞、唱歌、看民俗音乐表演等）。

第二天，上午游览百魔洞并体验洞穴氧吧健身，下午游览百鸟岩，观赏盘阳河风光，晚上住在县城并可到夜市品尝风味小吃。

第三天，上午观赏命河，游览水晶宫，午餐后返程。

四天三晚游

第一天，下午参观长寿博物馆，晚上住在县城并可到文化广场参加大联欢（跳舞、唱歌、看民俗音乐表演等）。

第二天，上午游览百魔洞并体验洞穴氧吧健身，下午走红色之旅（西山—武篆—江平），晚上住在县城并可到夜市品尝风味小吃。

第三天，上午参观民俗风情园（巴根），下午游览百鸟岩并体验洞穴氧吧健身，晚上住在县城。

第四天，上午观赏命河，游览水晶宫，午餐后返程。

五天四晚游

第一天,下午参观长寿博物馆,晚上住在县城并可到文化广场参加大联欢(跳舞、唱歌、看民俗音乐表演等)。

第二天,上午游览百魔洞并体验洞穴氧吧健身,下午走红色之旅(西山—武篆—江平),晚上住在县城,并可到夜市品尝风味小吃等。

第三天,上午参观民俗风情园(巴根),下午游览百鸟岩,体验洞穴氧吧健身,晚上住在县城。

第四天,上午观赏命河,游览水晶宫,下午游赐福湖,晚上住在县城并可游购物中心。

第五天,上午游览三门海,午餐后返程。

休闲养生度假游

休闲养生度假已日益成为人们节假日旅游的首选项目,是旅游新时尚。巴马是世界长寿之乡,自然成为众多旅游者的首选目的地。巴马奇特的地质地理环境、美好的山川、灿烂的阳光、清新的空气、古朴的民风,可以使旅游者从城市生活的压力中解脱出来,体验轻松与自然,并在这美好的体验中接触和呼吸无处不在的长寿因子,实现健身康体,获得旅游的最佳效果。

休闲养生度假的游客,可以选择如下三种旅游形式:

一、住旅游景区(点)内的农家旅馆

如坡月村的延年山庄、河源老年公寓,百马村的坡纳长寿养生农家旅游示范屯等。食有寿乡特色的美味佳肴,经济实惠。旅游者选择这里的优点是白天可以到景区(点)内游览和泡洞穴氧吧,因离住地近,晚上也方便休息;缺点是客多床位少,需提前预订。

二、住县城宾馆、旅社，档次任选

旅游者白天可自由地到景区（点）游览，拥抱大自然，晚上回县城自由参与各类文化活动。饮食不固定，可因时因地选择自己喜爱的美食。

三、住景区内的农家

饮食方面可以就地购买农副产品自行加工，也可请"东家"代劳。旅游者可以利用当地丰富的旅游资源进行各类旅游活动。这种旅游形式比较轻松、自由，适宜于旅游时间比较充足、人数相对较少的游客。

以下村屯可以为游客提供农家入住。

（一）盘阳河两岸村屯

1. 住甲篆乡坡月村、平安村，游百魔洞，观赏盘阳河风光，沐浴于盘阳河。

2. 住甲篆村，游百鸟岩，观赏盘阳河风光，沐浴于盘阳河。

3. 住甲篆乡百马村坡纳屯，观赏盘阳河风光，还可以游泳、竹排漂流、烧烤、山林游览等。

4. 住赐福村、那坝村，游览赐福湖。

（二）龙洪河两岸村屯

1. 住西山乡弄友村那老屯、水洞屯，游览石头上的原始森林、八卦山庄，观赏擎天树。

2. 住巴马镇龙洪村，观赏田园风光。

（三）那社河两岸村屯

住那社乡大洛村，游览水晶宫、时空隧道（地下河道）、"天眼洞"。

（四）喀斯特村庄

住燕洞乡龙田村，游石林，拜德公坟，观赏原始森林。

自驾游

一、探寻长寿真谛之路

线路一：县城长寿博物馆 — 敢烟屯 — 坡月村 — 坡纳屯。

线路二：县城 — 水晶宫 — 命河 — 百鸟岩 — 百魔洞 — 龙田德公坟 — 交乐天坑。

二、追寻红军足迹之路

线路：县城 — 燕洞村（中共红七军前委会议旧址） — 亭泗战斗遗址 — 西山乡 — 弄岩屯（红军独立三师师部旧址）— 弄索屯（二十一师师部旧址）— 香刷洞（韦拔群牺牲地）— 东里屯（韦拔群故居）— 武篆魁星楼 — 列宁岩 — 巴马烈士公园。

三、观赏民族风情之路

线路：县城 — 东山乡卡桥村巴根民族风情园。

四、寿乡风光之旅

线路：县城 — 甲篆乡（盘阳河风光）— 江平村（田园风光）— 龙洪村（田园风光）— 赐福村（湖光水色）。

巴马的节庆

"三月三"歌节

"三月三"是巴马壮族人民的传统节日。传说在远古年代，有一对壮族恋人，自幼青梅竹马，相亲相爱，却因双方家庭贫富悬殊而遭到阻挠。在无路可走的情况下，这对恋人爬上后山坡一棵大枫树，抱头痛哭，用山歌互诉衷情后双双上吊自尽。

三月初三，村民发现后非常痛惜，在给两人下葬时唱了三天三夜的丧葬歌。从那以后，每逢农历三月初三，人们便搭起歌棚，用枫叶、红蓝草、三阳花等植物的汁液浸染糯米，蒸成黑色、红色、黄色的糯米饭。用糯米饭和煮熟的鸡蛋做干粮，精心打扮后到歌场通宵达旦对歌，纪念这对不幸的恋人，祈求神圣的婚姻自由。

祝著节

农历五月二十九是巴马东山、凤凰一带番瑶同胞的重大节日。"祝著"是二十九的瑶语音译。相传创世神密洛陀和布洛西婚后生下三个儿子，他们长大成人后，密洛陀安排其事业：给老大箩筐和杆秤外出经商，变成汉族；老二得到耕牛和犁耙，可以耕田种地，变成壮族；让老三拿着镰刀、锄头和种子上山开荒种玉米、小米，成了瑶族。为了防止野兽践踏山上的作物，密洛陀交给老三一面铜鼓驱兽。农历五月二十九这天，恰逢母亲布洛西生日，三兄弟捧着自家产的美酒佳肴为母亲祝寿，此习俗便沿袭下来。此后每逢祝著节，瑶族同胞酿制糯米酒，杀猪宰羊，合家团聚。酒足饭饱后，大家披上节日盛装，带着粽子、鸡蛋和烟斗，聚在一起打铜鼓、唱歌、赛马、打陀螺，尽兴而散。

春节

巴马的春节从腊月二十三过小年送灶王上天开始，一直延续到次年正月的最后一天。每逢春节，乡村里的人家都要杀猪过年。杀猪的时候，村里许多亲朋好友都赶来帮忙。猪杀好后，必拿些猪下水炒好，大家快快乐乐举杯畅饮。

清明节

在巴马，清明节也是很重要的节日，许多春节回不了家的人，清明节一定会赶回家祭拜。巴马境内各乡镇的习惯不同，有的地方在农历三月初三就开始扫墓，有的要等到进入清明那天后才开始扫墓。扫墓通常是全族一起进行，每家都要有人参加。扫墓时要把锅、碗、筷、水等挑上墓地。一部分人为祖墓拔除杂草，垒基添土；一部分人把带去的活猪、活羊、活鸡在墓旁杀好、煮熟，然后摆上墓碑前，斟上美酒。最后大家一起焚香，烧纸，燃放爆竹，等香烧完后，男女老少席地而食。

七月十四

这是壮族仅次于春节的大节，又称鬼节。时间从农历七月十三至七月十六。巴马壮族七月十四有食鸭肉的习俗，家家户户都提前几个月开始养鸭，以供鬼节食用。鬼节期间，每家每户神台上烛灯高照，香烟升腾，供桌上美酒佳肴从不间断。七月十四傍晚，大家饭后烧纸钱、奉红包。每个已逝者均有红包、纸衣、纸鞋，人们以此祈求祖宗神灵的庇佑。

中秋节

巴马的中秋节除了有月饼、水果，晚餐桌上还有用自制豆腐制成的豆腐圆，取团圆之意。团圆饭后，人们要举行拜月亮的仪式。

重阳节

重阳节家家户户包粽子。在乡村里，人们常趁重阳节给家里的老人举行"补粮"仪式。晚辈们送米、送肉、送酒、送鸡、送钱和衣服，请来师公诵寿经，焚香点烛，祈求老人长寿安康。

巴马民族体育

强身健体的方式很多很多，体育比赛项目林林总总，有"洋"的当然也有"土"的，"洋"的见多了，换个口味，来盘"土鸡土鸭"吧。

射弩

据历史记载，早在明代，东山乡一带瑶族就用弩狩猎、防御，有"操弓搭弩"之说。那里的群众，家家户户都制有弩，男女老少皆善射。后来逐渐发展成为瑶族人民的一项体育活动。每逢节庆、结婚、建房等庆典常举行比赛。

打铜鼓

打铜鼓约自宋代开始在境内民间流传，后发展为壮乡瑶寨的传统体育项目。每逢结婚、新房落成和重大节日均会打铜鼓以作娱乐。

打陀螺

打陀螺是县境内各族均参与的民间体育项目，主要在秋冬农闲或饭前饭后进行。

后记

去年四月中旬,我第六次来到这世人瞩目的长寿之乡。

"六六大顺":一是这里的同学、朋友多,我可以随随便便找一个熟门熟路的导游;二是最近几年我来过巴马六次,积攒了"六见钟情"的缘分;三是街头巷尾、景点景区,介绍巴马的资料比比皆是;四是巴马县委宣传部大力支持,核对核实不成问题。

那时,我信心满满,恨不得今夜着笔,明朝付梓。

可是,半年以后,人物采访了十多个,资料找了一大堆,正文却生不出半个字。苦煞我也!

原因是,理不出比较明朗的书名,更理不出切入书名的那个"点"。

上大学时老师曾教过:"好东西一定是情理之中、意料之外,缺一不可。"顺着老师的思路,我打算第七次到巴马。

"七七生巧"。临行前,我约李伟东打乒乓球,推挡拉冲间,李总说出了广西日报社社长、总编辑李启瑞"噢,巴马"的故事——我像被一记快速有力的弧圈球冲着了脑瓜,一下子"醒"了过来,也"悟"了出来:《噢,巴马》——不正是"情理之中、意料之外"的书名吗?真是踏破球鞋无觅处。我跟李伟东说:"我就想用它作书名了,如何!"他说:"成!"

我让一位在巴马做项目开发的李姓朋友开车送我。我问他:"《噢,巴马》一类的书名好,还是《巴马的'码'》一类的书名好?"他装着不解地回答:"奥巴马当然好了,不好怎么当得了总统;巴马的马不错,巴马的香猪更好。"我又问:"巴马好在哪?"他赞叹道:"舒服啊!

你才来七次，我都来了五六十次了。没事我就来，这地方睡得香吃得香，舒舒服服。"

这次，我是瞌困碰枕头，"舒服"二字自然而然地成了我切入书名的那个"点"。

也奇了，帮我理出《噢,巴马》和"舒服"两大要素的，都是"十八子"李姓贵人。他们的思维之锋是如此利索，正如"十八子"刀具，把我思寻路上的荆棘砍个精光。

在我第九次到巴马的一年多后，我期待的是一种"九九归一，终成正果"的状态。结果，十指在键盘上欢快地敲打出一个个雀跃的"方块"。此书，一半写在巴马，一半写在南宁。我将自己融入巴马的山山水水中，融入巴马的风情风俗里。

但是，真正对"舒服"二字有发言权的还是土生土长的当地人。不论是以文字陈述，还是以照片表现，当地人在天天舒心的状态下，"舒服"是他们的第一选题。

当地摄影师梁绍恩、覃兰海、黄大优、何城全，还有我的同事、报社摄影师邓明帮我拍摄了太多的好照片，同事陈朝阳也为本书配了精彩的漫画。这样，读者在阅读时会将注意力放到图画上，让我那作为"边角料"的文字偷偷地喘了口气。

喘气，是为了到巴马更大口地呼吸。

巴马的一位朋友貌似正经地告诉过我，长寿的另一秘诀是：保持呼吸，不要断气。